Münchner Blut-Sabbat

Weitere Bücher von Werner Thiel

Mördersuche international

Nach dem Mord an einer bekannten Geschäftsfrau endet ganz plötzlich der Urlaub für einen münsterländer Polizisten in Italien. Statt am Strand die Zeit zu genießen muss er in Arezzo und Venedig für die heimischen Kollegen ermitteln. Im Land wo die Zitronen blühen ein bitteres Geschäft – aber mit freundlichen Überraschungen.

Toscalonemord, Taschenbuch, 92 Seiten,

ISBN: 3-8370-9709-9,   Preis 8,90 Euro

Abenteuer Greven (II. Teil)

Die Familie des Grevener Kaufmanns Barkenstein ist seit 1803 um zwei Kinder angewachsen. Das Familienleben wird 1806 durch die Politik von Napoleon und von Emspüntenräuber gestört. Bei der Suche nach den Räubern spielt auch der legendäre „Hund von Montargis" eine Rolle.

Roman zum 40. Jahrestag der Städtepartnerschaft von Montargis und Greven.

Grevener Wechselzeit, Taschenbuch, 134 Seiten,

ISBN: 9-783837-071252,   Preis 9,40 Euro

Mördersuche an der Uni Münster

Ein Mord erschüttert Münster. In seinem Büro im Fürstenberghaus am Domplatz wird die Leiche eines Wissenschaftlers der Uni Münster gefunden. Die polizeilichen Ermittlungen führen in alle sozialen Schichten der Westfalenmetropole. Kommt der Mörder aus der Universität? Zu den Verdächtigen zählen auch Kollegen und Studenten. Die Ermittlungen führen aber auch nach Greven. Ist ein Bürger aus der Emsstadt für den Mord an Münsters Uni verantwortlich?

Eine Leiche im Fürstenberghaus, Roman, 130 Seiten
ISBN 978 383 348 1857, Preis 9,40 Euro

Kirche Krone Kriege

Münster im 13. Jahrhundert. Der neue Bischof von Münster muss sich gegen den Adel und deren Ansprüche wehren. Hierbei setzt er nicht nur auf seine militärische Macht sondern nutzt auch andere „Waffen".

Schwert aus Pergament, Roman, 198 Seiten
Mantis-Verlag (mantisillig@gmx.de)
ISBN 3-928852-30-2, Preis 7,90 Euro

Abenteuer Greven (I. Teil)

Die aufgehende Sonne taucht das Münsterland in ein ruhiges, rötliches Licht. Sie meint es gut mit Greven. Das kleine Dorf an der Ems liegt zufrieden in der Wärme dieses Sommers. Knechte, die schon ans Tagwerk gehen, achten nicht auf die leichten Staubwolken über der Chaussee im Osten. Mit jeder Minute steigen diese Wolken höher, werden dichter und behindern die Sonnenstrahlen in ihrer Leuchtkraft. Die Geräusche im Dorf überdecken noch die näher kommenden Hufschläge der Reiter. So ruht das Dorf über der Ems ohne die kommenden Ereignisse zu kennen. Eine spannende Geschichte vor historischem Hintergrund.

Grevener Grenzgänge, Taschenbuch, 127 Seiten, 2 Karten
ISBN: 3-8334-1047-7, Preis 6,90 Euro

Sophie Scholl verabschiedete ihren

Bruder **Hans Scholl** sowie

Christoph Probst, Alexander Schmorell

und **Herbert Furtwängler**

am 23. Juli 1942

zu deren Abfahrt an die Ostfront

am Ostbahnhhof in München.

Die Fotos vom Abschied sind heute die

bekanntesten Bilder der Mitglieder der

Widerstandsgruppe Weiße Rose.

Der Zaun an dem Sophie Scholl lehnte

steht noch heute in der

Orleansstraße in München

Ein Gedenken an dieser Stelle

wird von der

Stadt München und dem Landtag von Bayern

abgelehnt!

www.weisse-rose.npage.de

Vom Autor empfohlene Internetseite:

www.stolpersteine-muenchen.de

Münchner Blut-Sabbat

Werner Thiel

Krimi

Impressum:

1. Auflage

© Werner Thiel, 2010
Layout, Gestaltung: Anne Laumann

Die Deutsche Bibliothek verzeichnet diese Publikation
in der Deutschen Nationalbibliographie;
detaillierte bibliographische
Daten sind im Internet über http://ddb.de abrufbar.

Herstellung und Verlag:
Books on Demand GmbH, Norderstedt

ISBN 9783842318526

Namen der Akteure:

Hauptkommissar Horst Frey	gelernter Bankkaufmann, aus Gerechtigkeitssinn zur Polizei, Abteilung für Organisiertes Verbrechen, aus Frust wechselt er zu „Leib und Leben", Westfale aus dem Münsterland;
Daniel Klein	Oberkommissar, langjähriger Kollege von Frey, immer korrekt gekleidet, mit Anna Sophia Margarete Prinzessin von Bayern verheiratet
Christian Lieberwirth	Oberkommissar und „hauptamtlicher" Oberbayer mit Freiraum für einen Westfalen
Nicole Plattgrill	Staatsanwältin; Ausbildung im KFZ-Gewerbe, Jura studiert, wg. ihres spontanen Verhaltens bei Gericht und zu Untergebenen berüchtigt
Prof. Dr. Norberto Ungeheuer	Rechtsmediziner an der LMU
Annika Rhodel	Hauptkommissarin, Spezialistin für internationale Kriminalität, USA-Erfahrung, FBI-Ausbildung
Hans-Klaus Mai	Staatssekretär mit Sonderauftrag in München
Karl-Dieter Engelhardt	Vertreter der Bundespolizei
Tarek Sahle	Polizist, ehemaliger Kollege von HK Frey in Münster/ Westfalen

Dr. Catharina Gräfin von Bogen-Rieth	Dr. der Archäologie (Fachgebiet Ägypten), beste Kontakte in den Nahen Osten, Ex-Staatssekretärin im Außenministerium, Nah-Ost-Geschäftsführerin bei Uhde § Co
Hans-Christian Graf von Bogen-Rieth	Ehemann von Frau Doktor
Hermann Graf von Bogen-Rieth	Sohn von Frau Doktor
Christian Uhde	Gründer und Geschäftsführer von „Uhde & Co"
Gerhard Heine	stellvertretender Assistent von Herrn Uhde
Claudia Wolters	Projektmanagerin bei Uhde & Co
Jupp Tepperies	Manager, Niederlassung Berlin, Autovermieter
Siad Sahle	Bruder von Tarek Sahle, Kaufmann, internationale Geschäftskontakte, insbesondere in den Nahen Osten

1

Sabbat-Ausflug

Chaim Goldstern war aufgeregt, sehr aufgeregt. Schon beim Aufstehen am Morgen war er aufgeregt gewesen. Beim Frühstück, beim Warten auf den Großvater, beim Gang zum Ostbahnhof, immer war er aufgeregt gewesen. In der S-Bahn konnte er nicht ruhig sitzen. Schaute immer aus dem Fenster oder zu den anderen Fahrgästen. Gut, er war schon mit der Mutter, den Eltern oder auch mit dem Großvater in der S-Bahn gefahren, aber nicht deswegen und mit diesem Ziel. Er schaute aus dem Fenster und fragte seinen Großvater immer wieder, wie lange denn die Fahrt dauern würde. „Sie dauert, aber nicht mehr lange", war die immer gleiche Antwort des alten Herrn. Reisende mussten ob der Ungeduld und der wiederkehrenden Frage, vielleicht auch wegen Erinnerungen an eigene Erfahrungen mit ungeduldigen Kindern, lächeln. Dann stand Chaim auf, ging einige Meter den Gang entlang, schaute die anderen Fahrgäste an und kam wieder zum sicheren Platz gegenüber seinem Großvater zurück. Als er es nicht mehr aushalten konnte, fuhr die Bahn plötzlich in einen Tunnel. Das war neu. „Jetzt sind wir da", sagte der Großvater und reichte seinem Enkel die Hand. Chaim griff zu und ließ sich aus der S-Bahn heraus ziehen, nein, er zog seinen Großvater aus dem Zug heraus. Davor, auf dem Bahnsteig, blieben sie stehen und schauten sich um. „Wo müssen wir hin, Opa?" „Warte, ja, wir folgen den Leuten die Rolltreppe hinauf", beschloss der alte Mann. Zusammen mit seinem Großvater fuhr Chaim aus dem Keller in einen großen, hellen Raum. „Oh, das war toll", rief er übermütig aus. Er schaute in alle Richtungen. „Wo sind denn die Flugzeuge, Opa? Wo ist Papa?" „Ja, Junge, da schaue ich doch schon nach, gedulde Dich." Sein Großvater schaute nach links und rechts den breiten, von Schaltern gesäumten Gang entlang. Dann sah er die Tafeln mit den Abflugzeiten an der Decke hängen. Aber dort fand er nicht die Ankunft des gesuchten Flugzeugs. „Wo finde ich denn die Ankunftszeit und den Ort des Flugs aus Tel Aviv?", fragte er eine Frau hinter einem für Chaim sehr hohen Schalter. „Da müssen Sie zum Terminal F gehen. Hier ist ein Plan. Hier rechts und dann erneut rechts." „Danke." An der Hand von seinem Großvater folgte Chaim dem Hinweis der freundlichen Frau. An beiden Seiten des Weges gab es etwas zu sehen, kleine Läden mit Kleidern oder anderen Sachen. Als es etwas hoch ging, warnte ihn sein Großvater, denn plötzlich bewegte sich der Boden, ohne zu gehen ging es vorwärts. An der nächsten Ecke begann ein sehr langer Weg, Chaim konnte das Ende fast nicht sehen, aber es gab wieder diese laufenden Fußwege zum Stehen bleiben. Neben seinem Großvater ließ Chaim die Wände und Bilder an sich vorbei fahren. An einer Ecke mussten sie herunter von dem rollenden Weg, was Chaim nicht gefiel, um eine Ecke, durch einige Türen, die sich automatisch öffneten, und dann noch aus dem Haus heraus gehen. Das schöne Wetter sorgte hier draußen dafür, das es Chaim nicht kalt wurde. Auch hier konnten er und sein Großvater auf Rollbändern den Weg zurück legen. „Opa, wie weit ist es denn noch?" „Schau, Chaim, da hinten, da ist das Ende, da muss es sein, wo Dein Papa ankommt." Bei diesen Worten zeigte er nach vorn, zu einer großen blauen Fläche. Chaim konnte es nicht abwarten bis er an der Ecke war. Für ihn fuhr das Band immer langsamer. Aber dann, nach langer Zeit, kamen er und sein Großvater am Eingang beim Terminal F an. Hier, fand Chaim, sah es aber gar nicht so toll aus wie auf dem Weg hier hin. Er sah nur einen großen Platz mit einer kleinen Hütte aus Glas und Metall. „Opa, wo ist denn Papa?" „Chaim, da oben kannst Du es sehen. Da steht, dass das Flugzeug mit dem der Papa kommt, schon gelandet ist. Durch die Tür da vorne wird er heraus kommen." Dabei zeigte der Großvater auf eine Tür und eine große Tafel mit leuchtenden Buchstaben. Chaim sah sich jetzt um. Er war mit seinem Opa nicht die einzigen, die auf das Flugzeug aus Israel warteten. Auch andere Kinder mit Eltern oder Großeltern standen auf dem Platz in der Sonne herum und warteten darauf, das sich die Tür öffnete. Alle waren sommerlich bunt gekleidet und schienen sich wie er auf die Angehörigen zu freuen. Dann viel ihm etwas besonderes auf, etwas das ihm bisher nicht aufgefallen war. „Opa.", der reagierte nicht, „Opa" „Ja?", der alte Mann bückte sich etwas zu seinem Enkel herunter. „Sie mal, da stehen Polizisten", und zeigte in die Richtung hinter dem Glashäuschen. „Ja, stimmt, da stehen Polizisten.", bestätigte der Opa. „Und warum?" „Die passen auf, dass keine bösen Leute kommen." „Warum? Kommen denn auch böse Leute mit dem Flugzeug?" „Nein, nein", beruhigte der alte Mann seinen Enkel, „aber man weiß es ja auch nicht. Zur Vorsicht sind die da um Dich und mich davor zu schützen." „Ah, ja." Chaim ging etwas herum, aber nur so weit, wie er seinen Opa sehen konnte. Dieser blieb unter dem Vordach im Schatten. Dann kam Chaim eine Idee und er lief zum Opa zurück. „Opa, lass mich auf Deine Schultern, dann kann ich Papa eher sehen." Der alte Mann schaute seinen Enkel mit einem etwas gequälten Blick an und schaute sich dann um. Aber er fand keine Möglichkeit die Idee seines Enkel auf andere Art umzusetzen. Da ein leichter Wind auf dem Platz vor der Abfertigungshalle wehte, ging er zum Glashaus hinüber und stellte sich dort ebenfalls in den Schatten. Von hier aus konnte er den Ausgang gut sehen, auch wenn einige große Menschen den Blick behinderten. „So, Chaim, wir warten jetzt bis die Tür geöffnet wird und dann ...", weiter kam er nicht, denn in diesem Augenblick ging selbige Tür ein erstes Mal auf und ließ einen Reisenden heraus. „Oh, Opa, jetzt aber ..." „Ja, gut, komm schon." Chaim kletterte auf einen Stuhl und von dort auf die Schultern seines Opas. Dieser prustete unter dem Gesicht des Jungen. Es dürfte das letzte Mal gewesen sein, das er den zunehmend schwereren Enkel noch tragen konnte. Vom Rücken des Opa hatte Chaim jetzt einen guten Blick auf den Ausgang in vielleicht 15 Meter Entfernung. Immer mehr Menschen mit Koffern und Taschen kamen durch die sich automatisch öffnende Glastür. Je nach dem, ob sie Freunde erwarteten oder nicht, gingen sie zügig in Richtung Laufweg oder schauten sich nach den Menschen auf dem Platz um. Mit gespanntem Blick schaute Chaim auf die Tür, in der Hoffnung, das endlich sein Vater heraus kommen würde. Ja, da war er. Hinter zwei Männern in grauen Anzügen, schwarze Koffer hinter sich her ziehend, sah er ihn auf die Tür zugehen.

„Opa, da ist Papa!" rief Chaim und zeigte auf die Tür. Sein Großvater setzte sich langsam in Bewegung auf die Tür. Während Chaim winkte und „Papa", rief schaute er nur auf diesen für ihn besonders wichtigen Menschen. Er merkte nicht, wie sich einige Wartende umschauten, weil von dort, von der Einfahrt zum Platz, plötzlich laute Motorgeräusche her kamen. Er bemerkte auch nicht, wie sein Vater Ihn sah, winkte und dann mit großen Augen zu dem Motorengeräusch hinschaute, dann die Hände hoch riss, aber ihm nicht zuwinkte sondern etwas schrie und seinem Opa zurief. Ihn wunderte nur die plötzliche Aufgeregtheit unter den Wartenden, die in alle möglichen Richtungen liefen. Einige fielen einfach um, andere taumelten hin und her und bluteten plötzlich. Komisch, ging es ihm durch den Kopf, was haben die denn? Da wurde auch sein Großvater schwach und er wankte im Gehen. „Opa, was ist denn los ..", konnte er noch sagen und noch mal zu seinem Vater schauen, der auch so merkwürdig im Gehen wankte und rote Flecken auf seiner hellblauen Jacke hatte, ...

14

2

Herausforderungen

Hauptkommissar Horst Frey wachte an diesem Samstag erst sehr spät auf. Am Vortag war es seiner Abteilung gelungen einen verzwickten Mordfall zu lösen. Diesen Erfolg hatte er mit seinen beiden Kollegen Daniel Klein und Christian Lieberwirth gebührend gefeiert. Zusammen war man vom Polizeipräsidium in der Löwengrube zuerst ins Hofbräuhaus gegangen. Niemandem in der Runde war jedoch die Idee gekommen, sich dem Stress in der Schwemme auszusetzen. „Da lassen wir gerne die Japaner, Amis und Preußen versacken", meinte Daniel und Christian ergänzte: „Wir wissen doch, das es schöneres in diesem Hause gibt", und wies den Weg zur Treppe in den ersten Stock des weltberühmten Wirtshaus. Während einem reichhaltigen Essen wurde so manche Anekdote aus der erfolgreiche Fahndung nach dem Verdächtigen des aufgeklärten Mordes zum Besten gegeben. Während die beiden Bayern sich dem weißblauen Nationalgetränk hingaben, würdigte der Hauptkommissar mehr die Produkte der fränkischen Kellermeister. Mit beiden Getränken ließ man sich und die lieben Kollegen sowie abwesende Familienmitglieder so manches Mal hoch leben. Nach dieser Stärkung von Körper und Geist war der Weg für den weiteren Abend nicht sehr weit, denn das „Hard-Rock-Cafe" bot für die drei End-40er genau die richtige Musikuntermalung für eine gepflegte Weiterführung der Siegesfeier. Als der Hauptkommissar sich in der Nacht in Richtung heimische Wohnung auf den Weg machte, war er froh in der Maxvorstadt seine Liegestatt stehen zu haben, jeder weitere Weg hätte ihm unangenehme Kraftanstrengungen abgefordert. Irgendwann an diesem Samstag weckten ihn einige vorwitzige Sonnenstrahlen, die sich zwischen Blendläden und Vorhang hindurch zu Ihm ins Bett verirrt hatten. Nach einem längeren Kampf zwischen Gefühl und Kopf siegte zweiterer und Frey bewegte seinen recht empfindlichen Kopf unter die Dusche, dessen Wasser nach geraumer Zeit für etwas Klarheit im Oberstübchen sorgte. Insbesondere kleine Foltereinlagen mit kaltem Wasser förderten auf eine etwas brutalere Weise diesen Prozess. Beim Blick in den Spiegel sah er das Alter näher kommen. Die dunkelbraunen Haare zeigten deutlich Verfärbungen in Richtung Weißgrau. In seinem Alter von 51 Jahren war das für viele Kollegen schon kein Thema mehr. Sie sahen für ihn dann aber eher nach 60 plus X aus. Diese sahen mit einigem Neid auf seine noch weitgehend dunklen Haare, die auch den Kopf dicht verhüllten. Bei seinen 1,85 Meter erblickten auch die Wenigsten sich bildende freie Stellen auf dem Kopf. Zufrieden war er auch mit seiner Figur, die noch weitgehend Schlang und ohne irgend einen Ansatz im Baubereich geblieben war. Beim Blick in den Kühlschrank lobte er seine Voraussicht, schon am Donnerstag im Supermarkt einmal durch die Käsetheke gegangen zu sein. Bei einer großen Kanne schwarzen Tee und 10 Sorten Käse machte er sich an die langsame Reanimierung seiner körperlichen Kräfte. Hierbei plante er schon einmal grob den weiteren Tag durch. Die Vorstellung von einer Fahrt mit der S-Bahn an einen der Seen, wahrscheinlich nach Herrsching, mit einem ausgiebigen Nachmittagsbrunch am Schiffsanleger sowie sorgloses Schlendern über das Tollwood im Olympiapark gefielen ihm sehr gut. Er drehte seinen Stuhl in Richtung Fenster, um sich gemütlich in der Sonne sitzend mit den Berichten in Münchens größter Zeitung zu beschäftigen. Etwas geistige Arbeit senkt die empfindlichen Reaktionen seines Kopfes, eine langjährige Erfahrung nach vergleichbaren Nächten wie der vergangenen. Zwar wurde an keiner Stelle der Name von Ihm oder seiner Kollegen genannt, aber die positive Darstellung der Arbeit seiner Abteilung und die Lobeshymnen seines Vorgesetzten und der Staatsanwaltschaft gingen runter wie Honig und sorgten für ein gesteigertes Wohlbefinden. Diese Zufriedenheit, das wusste er, konnte durch nichts am heutigen Samstag zerstört werden, denn sein Diensthandy war abgeschaltet. Er hatte, wie seine Kollegen Klein und Lieberwirth, dienstfrei und er würde dies bis zur Neige auskosten. Damit er auch wirklich nicht von irgendwem belästigt werden konnte, hatte er in der letzten Nacht auch den Stecker seines Telefons heraus gezogen. Er kam sich jetzt vor wie ein Gestrandeter auf einer einsamen Insel – und er fühlte sich bei dieser Vorstellung pudelwohl. Nach dem ausgiebigen Frühstück, mehr ein frühes Mittagessen, meldete sich sein Verdauungstrakt und wünscht eine besondere Berücksichtigung, welche er diesem auch auf der Toilette ausgiebig zuteil werden ließ. Danach schaute er, nein, er blinzelte in den sonnigen Tag hinaus und dachte an die Fahrt zum See. Er zog sich seine leichte Sommerjacke an, griff sich Portemonnaie und Ausweis und machte sich daran, die Wohnung zu verlassen. In der Haustür schaute er sich noch mal um, ob er nicht irgend etwas vergessen hätte, aber nein, es war nichts, er hatte alles für den Ausflug beisammen – dann erschallte seine Türglocke.

3

Terminal F

Hauptkommissar Frey war froh, die Wasserflasche beim überstürzten Verlassen seiner Wohnung noch schnell aus dem Kühlschrank genommen zu haben. Zusammen mit einem Kollegen der Schutzpolizei saß er im Streifenwagen auf der Autobahn in Richtung Franz-Josef-Strauß-Flughafen. Mit allen eingeschalteten Sonderzeichen, im Volksmund Martinshorn und Blaulicht genannt, raste der Kollege zwischen dem Verkehr auf der dreispurigen A9 dahin. Jetzt fühlte der Hauptkommissar sehr intensiv die Folgen der letzten Nacht in sich. Da war der regelmäßige Schluck Mineralwasser aus der Flasche für seine Konstitution sehr positiv. „Warum werde ich denn überhaupt zu diesem Einsatz heraus geholt?" fragte er den Kollegen. „Das müssen Sie schon die Oberstaatsanwältin fragen oder den Polizeipräsidenten. Ich weis es nicht!", erklärte dieser ohne den Blick von der Fahrbahn zu nehmen. „Ich werde mal per Funk mich erkundigen." „Wenn er hier klappt? Wir haben hier öfter Probleme wegen dem ganzen Funkverkehr der Luftlinien und des Flughafens." In rasender Geschwindigkeit bog sein Chauffeur in den direkten Zubringer zum Flughafen der Landeshauptstadt München ab. Hier wurde auch dem Laien bald klar, dass es sich um eine besondere Angelegenheit handeln muss, weswegen er hier im Wagen saß. Die drei Fahrbahnen des Zubringers wurden auf zwei Fahrbahnen verkürzt. Die dritte Fahrbahn war ausschließlich für Polizei und andere Sicherheitsinstitutionen reserviert. Der Verkehr staute sich sofort auf den letzten Kilometern. Ungezählte Polizeiwagen mit eingeschalteten Blaulichtern gaben dem ganzen ein wichtiges und gefahrvolles Aussehen. „Was ist denn da passiert", dachte der Hauptkommissar. Ihm, als Westfale, war zwar in der Vergangenheit immer wieder aufgefallen, das die Kollegen aus dem Süden eher zu optischer Übertreibung neigen, aber hier schien doch etwas dahinter zu stecken. Bei der Annäherung an den Flughafen sah er mehrere große Hubschrauber der Bundespolizei in niedriger Höhe über der Autobahn in Richtung des Terminal fliegen und im Bereich des Besucherhügels landen. „Das ist doch etwas Wesentlicheres als ich erst dachte", bemerkte Horst Frey zwischen zwei Schluck Wasser. An der Vorfahrt zu den Parkhäusern und –plätzen fuhr der Kollege seinen Wagen gegen die Fahrtrichtung zum nördlichen Ende des Gebäudekomplexes. Bei den wenigen Malen, die er den Flughafen für eine Heimreise genommen hatte, war der Kommissar mit der S-Bahn gefahren, deshalb kannte er sich hier an der Oberfläche nicht aus. Aber, so sein Anschein, fuhr man nicht zu den üblichen Abflugeinrichtungen der Fluggesellschaften. Der Wagen näherte sich jetzt in langsamerem Tempo über eine Abfahrt einem Parkplatz und dahinter einer Art Lärmschutzwand. Hier standen die Einsatzwagen von Polizei, Bundespolizei und anderer Dienste in buntem Durcheinander. Allein die eingeschalteten Blaulichter boten ein Lichtchaos trotz seiner Einfarbigkeit. Abfahrende Rettungswagen von Rotem Kreuz und Malteser Hilfsdienst sorgten zudem für eine, das Gesamtbild ergänzende Geräuschkulisse. „Machen Sie sich auf einen sehr unschönen Anblick gefasst", begrüßte Oberstaatsanwältin Plattgrill den Hauptkommissar. Durch einen eilig aufgebauten Bauzaun mit darüber geworfenen Decken als Sichtblende betraten sie den Hof innerhalb der Mauer. „Mein Gott", entfuhr es dem Kommissar, „was ist denn hier passiert?" „Ich habe auch erst mal schlucken müssen. Hier, ein Schluck Schnaps, wenn Sie wollen?" „Danke", der Kommissar griff zu und nahm einen kräftigen Schluck. „Hier handelt es sich um das Terminal F in der offiziellen Bezeichnung des Flughafen." „Und was ist die inoffizielle?", der Kommissar war stehen geblieben, keine drei Schritte nachdem er den Platz betreten hatte. „Es handelt sich um das Terminal für Abflüge nach Israel. Sie wissen doch? El Al und andere Fluglinien nach Tel Aviv", erklärte die Oberstaatsanwältin. Jetzt wurde dem Hauptkommissar abrupt klar, was er da vor sich sah. Der Platz hatte eine ovale Form. Er glich sehr einem Parkplatz umgeben von zwei Fahrspuren zur An- und Abfahrt. Die hohe Wand umgab diesen Platz auf drei Seiten. Das Terminalgebäude bildete die vierte Seite. Mitten auf dem Platz befand sich ein Pavillon mit großen Fenstern als Wartehalle für Abholer der Reisenden. Die Fenster dieses Pavillon waren größtenteils zersplittert und lagen als Glasscherben verstreut auf dem Asphalt. Auch die Fenster und Glastüren zum Terminals F waren zerbrochen oder von Kugellöchern durchsiebt. Vor den Türen konnte der Kommissar eine unbestimmte Anzahl an menschlichen Körpern liegen sehen. Einige noch in den Türen, andere vor den Türen auf der Fahrbahn. Weitere Leichen befanden sich im zerstörten Pavillon und beim Durchgang zu den anderen Terminals am rechten Ende des Gebäudes. Unter den am Boden liegenden erkannte er mehrere Polizisten in Uniform. Einer lag in einer der zerstörten Türen, eine Maschinenpistole im Anschlag und von Patronenhülsen umgeben. Inmitten von Blut sah er Frauen und Männer liegen, so wie sie auf die Angehörigen gewartet hatten. Ein Kind lag bei einem alten Mann, als hätte es zuvor auf dessen Schultern gesessen, die Arme des Mannes waren noch um die Beine des Jungen geschlungen. Andere Menschen saßen einige Meter von den Leichen entfernt, auf Tragbaren und Rollstühlen, von medizinischem Personal umgeben. Beim umher schauen viel Frey auch ein Rollstuhl zwischen den Toten auf. Dieser schien zerfetzt worden zu sein. Reste eines menschlichen Körpers lagen darin, teilweise aber auch einige Meter davon entfernt. Sein Blick schweifte weiter über diese Grausamkeiten und er bemerkte einen weiteren Polizeiwagen, der in der zweiten Einfahrt zum Terminal stand. Diesen hatten Kugel stark getroffen und zudem war der Wagen mit der Seite gegen eine Torseite gedrückt. „Wer war das? Was ist hier passiert?" „Herr Hauptkommissar Frey, ich bin gerade mal seit 20 Minuten hier, ich weiß es auch nicht. Es muss damit gerechnet werden, dass dies hier ein Anschlag von muslimischen Terroristen ist." „Terroristen? Anschlag?", der Kommissar war von dem brutalen Anblick noch völlig benommen – die Folgen des letzten Abend waren nicht mehr zu spüren. „Die Fachleute vom BKA sind noch nicht da. Nur eine Vorausabteilung aus dem Innenministerium wuselt hier herum. Aber eins ist doch klar: Israel, Naher Osten, Palästina. Da kommt doch nur das eine in Frage!" „Jetzt also auch wir?" „Ja, so muss man das sehen. Nach London, Madrid und anderen Orten, jetzt hier in München. Hier am Flughafen, gezielt gegen Israel." „Aber, was mache ich dann hier? Meine Abteilung hat doch mit Terror nichts zu tun." „Das stimmt, aber sie sind derzeit mein bester Mann. Brauche ich Sie noch an ihren letzten Fall zu erinnern?", erwiderte die Oberstaatsanwältin. „Das war doch ganz etwas anderes Chefin", sagte der Kommissar und nahm sich nochmals einen Schluck aus der Schnapsflasche der Oberstaatsanwältin. „Sie meinen, dass hier nur das BKA, Geheimdienste und ähnliche Wichtigtuer zuständig sind?" „Öh, ja, klar, was soll ich denn zwischen diesen Leichen und diesem ganzen Blut suchen? Das ist was für die Spezialisten aus den Bundesbehörden." „Das sehe ich aber ganz anders. Dies ist auch ein Fall für das Polizeipräsidium München und seine besten Männer", erklärte die Oberstaatsanwältin. „Da gibt es nämlich für uns einen Fall, den Sie und ihre Kollegen zu bearbeiten haben."

„Was für einen Fall?" „Den der ehemaligen Staatssekretärin Dr. Catharina Gräfin von Bogen-Rieth", dem Kommissar war der Name schon mal durch die Erinnerung gehuscht, genaueres wusste er aber nicht. „Was hat das hiermit zu tun?" „Die Frau Staatssekretärin ist unter den Opfer dieses Attentats. Dort hinten, direkt vor der Tür, die mit dem hellblauen Hosenanzug, können Sie sie sehen, das ist die Staatssekretärin, die sterblichen Reste der Frau Staatssekretärin." „Und, was soll ich wegen der Staatssekretärin ermitteln? Es ist doch klar, irgendwelche Terroristen haben hier gemordet und Frau Dr. Catharina Gräfin von Bogen-Rieth kam dabei zu Tode. Eine traurige Verkettung von Umständen." „Ich möchte, dass sie hierzu eine Untersuchung durchführen und mir einen Bericht schreiben." „Und warum dieser Aufwand?" „Verstehen Sie doch, Herr Hauptkommissar, da haben wir hier in München einen Terroranschlag wie es ihn seit dem Oktoberfest 1980 keinen zweiten gab und wir, die Münchener Polizei und Staatsanwaltschaft ist außen vor? Das geht nicht!" „Also soll ich hier mit meinen Männern den Alibibayer bei den Ermittlungen machen? Die Herrn vom BND und den anderen Stellen werden sich ins Fäustchen lachen. Des Ministerpräsidenten geheime Garde marschiert oder so ähnlich wird es heißen!" „Da haben Sie ja den eigentlichen Hintergrund genannt. Die Staatskanzlei will etwas eigenes zum Tode ihrer ehemaligen Staatssekretärin bekommen. Haben Sie es jetzt verstanden?" „Sie operieren hier im Auftrag der Staatskanzlei?" „Das haben Sie gesagt. Ich halte hier offiziell die Fahne der Münchener Staatsanwaltschaft hoch und Sie sind mein ausführendes Organ! Haben Sie das verstanden, Herr Hauptkommissar?" Hauptkommissar Frey sah sich den Tatort nochmals an. Noch immer wurde ihm weich in den Knien und schwummerig im Magen, wenn er über die trocknenden Blutlachen und die zwischenzeitlich abgedeckten Leichen schaute. Er dachte nach, schaute dabei zufällig auf den Boden vor sich und hinter sich zu dem Grünstreifen. Nachdem er wieder aufschaute fragte er die Oberstaatsanwältin: „Wie ist denn die Zusammenarbeit mit den Kollegen vom BKA geregelt?" „Sie werden mit ihren beiden Kollegen offiziell zum Ermittlungsausschuss der Bundesbehörden gezählt und an den Beratungen teilnehmen. Auch die Ermittlungsergebnisse werden ihnen zur Einsicht zur Verfügung stehen." „Und wo werden wir während der Ermittlungen sitzen?" „Ich denke, in Ihrem Büro in der Ettstraße. Das Lagezentrum für die Ermittlungen wird wohl hier am Flughafen eingerichtet. Für die Sitzungen können Sie hier hinaus fahren." „Gut, das passt mir sehr gut. Allzu dicht möchte ich nicht gerne den Herren aus Berlin, Bonn und Pullach kommen." „Dann haben wir uns verstanden", erklärte die Oberstaatsanwältin und führte den Hauptkommissar vom Ort des blutigen Geschehens weg. „Noch eine Frage, Frau Oberstaatsanwältin." „Ja?" „Ist die Familie und die Firma der Frau von Bogen-Rieth unterrichtet worden?" „Nicht das ich wüsste?

Aber das können Sie doch sehr gut übernehmen. Dann erfahren sie auch erste Details über die Firma und ihre Geschäftspartner." Der Hauptkommissar trat sich im Geiste in sein verlängertes Rückgrat. Warum musste er denn auch diese Frage stellen. Jetzt hast Du die Bescherung und darfst Dich als Bote schlechter Nachrichten betätigen, fluchte er leise in sich hinein. „Wissen Sie ob die S-Bahn fährt?", fragte er die Oberstaatsanwaltin. „Nein, woher denn?" „Kollege, die Bahn fährt, wird aber kontrolliert", antwortete ein in der Nähe stehender Zivilfahnder. „Danke. Dann werde ich den Besuch bei der Firma von Frau Dr. von Bogen-Rieth mit der S-Bahn vornehmen. Mit dem Auto dürfte er trotz Sonderzeichen länger dauern. Wie heißt überhaupt die Firma und wo hat sie ihren Sitz?" „Ach je, was wissen Sie denn überhaupt?", beschwert sich die Oberstaatsanwältin, „Hier haben Sie die Adresse", sagte sie weiter und gab dem Kommissar ein Blatt mit einigen Daten zur Firma. „Oh, das finde ich gut, da kann ich ja direkt bis zur Donnersberger Brücke durchfahren und dort aussteigen." „Genießen Sie den Ausblick. Die Firma Uhde & CO residiert im 12 Stock." „Danke", antwortete der Kommissar und machte sich über die Laufbänder zur S-Bahnstation Flughafen auf den Weg. Unterwegs sorgte er noch für sein körperliches Wohlbefinden. Im Supermarkt besorgte er sich zu zivilen Preisen eine Flasche Fruchtsaft und an einem Imbiss einen Döner vom Spieß mit viel Salat aber ohne Knoblauchsoße.

4

Firmenbesuch

Das Chaos auf dem Bahnsteig der S-Bahnstation Flughafen war unbeschreiblich und erinnerte Frey an Katastrophenfilme. Dicht an dicht standen Reisende mit ihren Gepäckstücken, drängten sich an den Enden der Rolltreppen auf dem Bahnsteig. Der Kommissar quetschte sich an den Wartenden vorbei, überquerte und umrundete Koffer und Taschen und erreichte einen weniger frequentierten Teil der Wartefläche. Die S-Bahn der Linie 1 fuhr nach einiger Zeit langsam ein. Sobald die Türen geöffnet waren begann ein allgemeines Gedränge davor. Auf Durchsagen bezüglich der Form des Einstiegs achteten nur wenige Reisende, denn kaum waren die Ankommenden durch einen schmalen Schlauch heraus gelassen worden, drückten die Hinteren die Vorderen in die offene Tür hinein. Ganz kluge hatten einen der ihren vor geschickt um Sitzplätze sich sichern. Er selber hatte in dem bald vollen Zug einen Sitzplatz auf der rechten Seite ergattert. Wie er den Wortmeldungen und Gesprächen entnehmen konnte, war der Anschlag und die damit einher gehenden Kontrollen und Überwachungen das Thema unter den Reisenden. Er schaute derweil aus dem Fenster ins Dunkel und erwartete die Abfahrt der Zuges. Als wäre nichts geschehen erhellte eine strahlende Sonne den Zug beim Verlassen des Tunnels unterhalb des Flughafen. Auf der Autobahn zum Flughafen stauten sich über Kilometer PKWs und kleine Transporter. Polizeiwagen, welche den Verkehr regelten und die Einsatzspur der Staatskräfte sicherten, gaben mit ihrem eingeschalteten Blaulicht ein interessantes Lichtschauspiel in Blau. Er fand es sehr angenehm im Zug an diesem Verkehrschaos vorbei gleiten zu können. Die vor einigen Jahren erbaute zweite S-Bahn-Anbindung zum Flughafen entlang der Autobahn bot diesen erhebenden Anblick für den Kommissar. Mehrfach wies der Fahrer über die Lautsprecher in den Waggons auf die besonderen Umstände am Flughafen hin und entschuldigte sich im Namen des Münchener Verkehrsverbundes für die eingetretenen Unannehmlichkeiten bei den Reisenden.

An der Donnersberger Brücke war der Kommissar froh die dicht bevölkerte Bahn verlassen zu dürfen. Auf der Brücke wandte er sich nach Süden der Schwanthaler Höhe zu. Beiderseits dieser Brücke ragen, Wächtern gleich, verglaste Hochhäuser in den nicht immer blauen bayerischen Himmel und geben dem Panorama der Altstadt einen modernen Rahmen. Der nördliche Glasturm gehörte zum Ausstellungsgebäude einer großen deutschen Automarke, dessen Produktionsstätten nicht in Bayern angesiedelt ist. Ob dieser Umstand vor Jahren zu der monatelangen Diskussion von OB und Stadtrat über die Beweglichkeit des Firmensymbols auf dem Dach führte, konnte Frey nur vermuten. Er hatte jedoch mit einer gehörigen inneren Belustigung die Leserbriefschlacht in den lokalen Zeitungen zu diesem Thema verfolgt. Nun, das Ding drehte sich jetzt seit geraumer Zeit und er hatte in diesem Turm nichts zu suchen. Statt dessen ging er mit diesen Gedanken auf der viel befahrenen und deshalb wenig fußgängerfreundlichen Brücke dem andern runden Glasturm entgegen. Der Eigentümer hatte kurze Zeit nach dem Ende der Logo-Debatte seine Spitze mit einer gelben Werbung verschönert, welche auf das Produkt eines Stromanbieters hinwies. Jedoch ergab dies keine positive Auswirkung bezüglich der Vermietung der Räumlichkeiten in dem Gebäude, standen diese doch weiterhin großflächig leer, was eine sehr phantasievolle Werbefläche oberhalb des Eingangs, durch die der Kommissar das Gebäude betrat, verdeutlichte.

Mit dem Aufzug fuhr er in den 12. Stock und war froh darüber zwischenzeitlich nicht übermäßig viel gegessen zu haben, da die Auswirkungen der Fahrt in dem Gefährt einen unangenehmen Einfluss auf den Magen hatte. Vor der Tür zu den Räume der Firma „Uhde & Co" richtete er kurz seine Kleidung und betätigte dann die Klingel. Nachdem er noch ein zweites Mal den Schalter bedient und für Lärm in den Räumen gesorgt hatte, eilte jemand zur Tür und öffnete sie. Eine junge Frau stand vor ihm und machte ein verwundertes Gesicht, da sie einen für sie Unbekannten vor sich sah. „Äh, hm, ja? Was wünsche Sie?" „Mein Name ist Frey. Kann ich einen Vertreter der Geschäftsleitung sprechen?", entgegnete der Kommissar freundlich aber mit bestimmendem Ton in der Stimme. „Oh, wir haben Samstag, da ist eigentlich niemand im Geschäft." „Sind Sie niemand, Frau?" „Nein, schon gut. Mein Name ist Wolters, Claudia Wolters. Ich bin hier als Projektmanagerin angestellt. Aber ich gehöre nicht zur Geschäftsleitung." „Und Sie sind hier ganz alleine im Büro?" „Ach, je, das hätte ich fast vergessen. Der Gerhard ist ja noch da. Ähm, der Herr Heine ist noch da." „Was ist denn der Herr Heine?" „Ja, der ist stellvertretender Assistent von Herrn Uhde und heute hier so etwas wie die Stallwache." „Dann möchte ich mit dem Herrn Heine sprechen." „Kommen Sie mit", sagte Frau Wolters und führte den Kommissar einen Flur entlang und durch eine Tür in eine Art Aufenthaltsraum. Eine Sitzecke mit Sesseln und einem niedrigen Tisch, ein weiterer, höherer Tisch mit Materialien über die Firma sowie ein Regal mit Büchern und Zeitschriften bevölkerten den Raum. Der eigentliche Höhepunkt von diesem Zimmer war jedoch der Ausblick. Über das Gleisgewirr, die Elektroleitungen und den Hauptbahnhof hinweg hatte man einen Blick auf die Altstadt, den Norden und Osten der Stadt bis weit über die Stadtgrenzen hinaus. Während die Mitarbeiterin den Herrn Assistenten holte, vertiefte sich der Kommissar in diesen Ausblick. Deshalb ließ ihn erst eine Ansprache durch Frau Wolters aus der Anziehungskraft dieses Anblicks befreien. „Herr ...., hier habe ich den Herrn

Heine. Herr Heine, das ist der Herr Frey." „Herr Frey, womit kann ich Ihnen helfen?", grüßte ihn ein vielleicht 25 Jahre alter Jüngling in grauem Anzug mit einer rosa Krawatte. „Ich möchte mich kurz richtig vorstellen. Ich bin Hauptkommissar bei der Kriminalpolizei hier in München und bin in die Ermittlungen beim Flughafen eingebunden. Sie haben davon gehört?" „Wovon? Was ist am Flughafen geschehen?" „Es gab einen terroristischen Anschlag auf dem Flughafen München." „Oh! Was? Das ist ja eine Katastrophe. Ist es schlimm?" „Ja, schon. Sehr sogar. Es gab über 30 Tote und doppelt so viele Verletzte." „Wo fand es denn statt, im alten oder neuen Terminal?" „Nein, in keinem der beiden, sondern im Terminal F, der liegt etwas abseits." „Terminal F? Das ist doch der Terminal für Flüge nach Israel?" „Ja, genau!" „Ist etwas mit Frau Dr. von Bogen-Rieth geschehen? Was ist mit Ihr los? Ist sie verwundet worden?" „Warum fragen Sie?" „Wir erwarten sie heute aus Israel zurück. Deshalb bin ich hier, um einige Papiere für sie zu bearbeiten." „Das wird wohl so nicht mehr nötig sein. Sie wurde bei dem Anschlag tödlich verwundet." „Was? Die Frau Dr. ist tot?" „Leider ja, sie hat ihre Verwundungen vom Anschlag nicht überlebt." „Oh. Nein! Das ist ja eine riesige Katastrophe. Die Frau Doktor tot!" Heine dachte nach, das Gesicht in Falten gelegt überlegte er augenscheinlich was jetzt gemacht werden musste. „Das muss ich dem Herrn Uhde umgehend mitteilen. Ja, leider ist er in Berlin. Aber das muss jetzt sein, entschuldigen Sie mich ...", und schon war er aus dem Zimmer gelaufen. Kurze Zeit später erschien Frau Wolters mit zwei Tassen Kaffee in ihren Händen. „Ich habe zwar nicht gefragt, aber hier, eine Tasse für Sie. Dort auf dem Regal stehen Zucker und Milch." „Danke", antwortete der Kommissar, bediente sich bei der Milch und wandte sich nach einem Schluck an die Mitarbeiterin. „Das ist wohl ein großer Verlust, die Frau Dr. von Bogen-Rieth, für die Firma?" „Oh ja, und wie, sie war für das Geschäft mit Israel zuständig. Sie hat aber auch ihre Kontakte in arabische Staaten gepflegt und für das Unternehmen genutzt. Ein großer Verlust, ganz schlimm", sagte Frau Wolters in Gedanken versunken. „Das heißt, sie flog häufiger nach Israel und in den Nahen Osten?" „Ja, immer wieder, wegen der Geschäfte." „Was sind denn die Produkte der Firma?" „Hm? Ach ja, feinmechanische Elemente und computergestützte Spezialteile für Fluggeräte." „Also ein Fachbetrieb im High-Tech Bereich. Und für die Kundenpflege im Nahen Osten war die Frau Doktor zuständig?" „Ja, die Pflege der Kontakte und Kunden war ihr Auftrag. Wer soll das bloß übernehmen?", Frau Wolters war sichtlich aus dem Gleichgewicht. „Und die gleichzeitigen Kontakte nach Israel und seinen Feinden machte keine Probleme?" „Nein, wenn man vorsichtig ist, und das war der

Verdienst der Frau Gräfin, gibt es keine Probleme. In letzter Zeit gab es allerdings einige Unstimmigkeiten, aber nichts schwieriges." „Worum handelte es sich denn?" „Einzelne arabische Staaten, Iran besonders, verlangen, das wir unsere Kontakte nach Israel abbrechen. Sie drohen uns Aufträge zu entziehen." „Und, wie war die Reaktion von Frau Bogen-Rieth?", Frey wurde der lange Namen des Opfers langsam lästig. „Sie war gegen einen Abbruch der Kontakte nach Israel. Die Deutsche Geschichte ... Sie verstehen....." Der Hauptkommissar nickte. „Gab es deswegen Streit?" „Nein, warum denn das? Keinen Streit. Unstimmigkeiten werden in dieser Firma zu aller Zufriedenheit beigelegt." „Ich verstehe, kein Streit nur kleine Unstimmigkeiten. Zwischen wem gab es denn diese Unstimmigkeiten?" „Ach, das war nichts, gar nichts. Der Herr Uhde und Frau Dr. von Bogen-Rieth legten nun mal ein unterschiedliches Gewicht auf bestimmte Geschäftskontakte. Mehr war da nicht." „Ja, gut. Wer wird denn wohl die Nachfolge für Dr. von Bogen-Rieth antreten?" „Herr Kommissar, die Frau Dr. ist gerade tot und ich soll ....? Nein dazu kann ich nichts sagen!" Bevor sich Frey für sein intensives Fragen entschuldigen konnte, der Ermittler war mit ihm durchgegangen, kam Herr Heine zurück. „Ach, der Herr Kommissar. Ja, den Herrn Uhde habe ich von der schlimmen Nachricht informiert. Er ist auch schwer erschüttert von diesem Schicksalsschlag für die Firma und die Familie der Frau von Bogen-Rieth." „Wird er nach München zurück kommen?" „Ja, natürlich kommt er zurück, es muss doch einiges geklärt werden. Wie soll es jetzt weiter in der Firma gehen und anderes. Damit wird er sich morgen nach seiner Rückkehr sofort beschäftigen." „Dann bleibt er heute noch in Berlin?" „Ja, er führt Gespräche mit Kunden, die können nicht einfach abgebrochen werden. Nein er übernachtet noch im Radisson und nimmt morgen den frühesten Flieger nach München." „Radisson? Ich kenne nur eines von diesen Hotels, das an der Straße Unter den Linden." „Ja, genau, dort hat er sein Zimmer. Immer wenn er in Berlin zu tun hat ist er dort, direkt im Zentrum der Stadt." „Aha. Noch eine Bitte, ich würde mir das Büro der Frau von Bogen-Rieth anschauen." „Ja, äh, schon aber ich weiß nicht ...", versuchte Frau Wolters sich um eine konkrete Antwort zu drücken. „Ich soll einen Bericht über den Tot der bayerischen Opfer für die Staatskanzlei schreiben. Da möchte ich mir ein Bild von Dr. von Bogen-Rieth machen. Also, nur wegen des Eindrucks, sonst nichts." Bevor Frau Wolters eine Antwort geben konnte, antwortete Herr Heine: „Gut, kommen Sie mit, Herr Kommissar. Wir möchten doch, das Frau Dr. von Bogen-Rieth gut in dem Bericht dargestellt wird, Frau Wolters. Haben Sie ein Kärtchen, falls man etwas erfahren möchte oder Sie sprechen kann?" „Hier ein Kärtchen mit meiner Adresse und Telefonnummer", erwiderte der Kommissar und folgte Heine auf den Weg zum Büro. Im Zimmer schaute sich der Kommissar um. Der Raum war mit wenigen Möbeln gestaltete. Auch hier gab es den tollen Blick durch die Fenster auf Münchens Altstadt. Der Kommissar betrachtete sich den akkurat aufgeräumten Schreibtisch. Auch in den Schubladen herrschte militärische Genauigkeit. „Warum war denn Frau von Bogen-Rieth in Israel?" „Es ging um einen Auftrag für unsere Firma. Elektronikkomponenten für Flugzeuge. Ein Auftrag der Regierung mit Genehmigung der deutschen Behörden!" „Aha, demnach mit militärischem Hintergrund?" „Wir sind da zu äußerster Diskretion verpflichtet, Herr Hauptkommissar. Zudem ist mir auch nicht alles bekannt, deswegen sollten Sie mit Herrn Uhde sprechen." „Gut, das werde ich machen. Haben Sie Unterlagen über die Firma, einen Geschäftsbericht und ähnliches, Herr Heine?" „Werde ich Ihnen sofort besorgen, Herr Kommissar." Nach einer guten Stunde verließ Hauptkommissar Frey das Hochhaus und fuhr mit der Trambahn Linie 19 bis zum Paradeplatz, um in die Löwengrube zu gelangen. Dabei war ihm klar, das er noch einen unangenehmen Gang vor sich hatte.

5

Kondolenzbesuch

Hauptkommissar Frey hatte in den vergangenen Jahren schon so manches Mal eine solche dienstliche Fahrt übernommen, sie gehörte zu seiner Arbeit in der Mordkommission. Gerne machte er sie aber nicht. Auch unter seinen Kollegen kannte er keinen, der diesen Teil der Arbeit gerne übernahm. Ganz im Gegenteil, mit Erleichterung gaben seine beiden Untergebenen diese besondere Aufgabe an ihren Chef weiter. Um sie zu umgehen, gaben sie so manches Versprechen ab oder ließen sich Zusatzaufträge überschreiben – nur um diesem Teil der Arbeit zu entgehen. So saß er jetzt in einem zivilen Dienstwagen der Münchener Polizei und befuhr die Grünwalder Straße stadtauswärts. Da er kein Fan des Sports im Allgemeinen und des Fußballs im besonderen war, kam bei ihm auch keine besondere Wallung auf, als er eine bekannte Sportstätte in Höhe der Tegernseer Landstraße passierte. Jedoch wusste er von den zum Teil verbissenen Diskussionen und „Freundlichkeiten" zwischen Kollegen im Kommissariat bezüglich der sportlichen und persönlichen Leistungen der Spieler beider Mannschaften. Besonders unangenehm wurde die Situation, wenn diese beiden Mannschaften aus München zu einem Spiel zusammen trafen. Dann wurde die Luft in den Gängen und Büros besonders stickig. Deshalb konnte er für sich eine kleine Erleichterung nicht verkneifen, als vor Jahren eine der beiden Mannschaften ihren Platz in der ersten Liga verlassen musste. Jetzt kommen dafür regelmäßig zum Ende der Saison überzeugte Fans dieser Truppe auf die wildesten Spekulationen über den baldigen Aufstieg in die 1. Liga. Ihm persönlich grauste vor diesem Tag, denn dann würden wieder die alten „Freundlichkeiten" in den Abteilungen und Kommissariaten zwischen den beiden Fanblöcken ausbrechen. Das Passieren des Stadions an der Grünwalder Straße ging auch deshalb an einem Samstag zu dieser Uhrzeit ganz zügig, da die 1. Mannschaft vor einigen Jahren in der neuen Fußballarena im fernen Fröttmaning spielen musste. Da er nicht so häufig in München mit dem Auto unterwegs war, passte er jetzt besonders auf den Verkehr in der breiten, vierspurigen Straße auf. Er war immer dann besonders vorsichtig und auch etwas verunsichert, wenn sich Straßenbahngleise in der Fahrbahn befanden. Zum Glück verfügte die Linie 25 nach Grünwald über ein eigenes Fahrbett in der Straßenmitte. Das gefiel ihm als Fahrgast nicht, da er die Straße zum Besteigen überqueren oder von Verkehr umtost auf die nächste Bahnankunft warten musste. Jetzt, im PKW, war es ihm ganz angenehm, denn er musste nicht die Angst haben, das die Gleise plötzlich auf die Fahrbahn der Autos abbiegen. In Höhe der großen Trambahnhaltestelle „Großhesseloher Brücke" wollte er mit dem Wagen nach Rechts in eine Seitenstraße einbiegen. „Mist" rief er laut im Wagen aus und verfluchte die deutsche Straßenkartenindustrie. War doch die vermeintliche Straße nach Rechts bloß ein Fußweg. Fast schon in den Weg hinein gefahren, bremste er abrupt ab. Das laute Hupen eines Wagens hinter ihm, zeigte ihm das negative Verständnis für sein Verhalten. Er fuhrt weiter Richtung Grünwald und bog nach 100 Metern in die Holzkirchener Straße ein. Für jeden, der seine Wohnung in der Maxvorstadt hat, kommt das Wohnviertel an der Isarkante wie eine andere Welt vor. Großbürgerliche Häuser und Villen, von Gärten und Grünflächen umgeben, reihen sich locker entlang der Anwohnerstraßen. Kleine Grünflächen und Plätze unterbrechen das Asphaltband der Straße. Die Schönheit dieses Wohngebietes hatten jedoch schon seit längerem Interessenten erkannt, die mit hässlichen Anbauten an alte Gebäude und nicht weniger architektonischen Geschmacklosigkeiten die ehemalige Siedlungsarchitektur zum Negativen beeinflussten. Auf seinen Stadtplan schauend orientierte sich der Hauptkommissar über den weiteren Weg. Durch die erzwungene Weiterfahrt hatte er jetzt die schöne Situation, dass er weder durch das Viertel fahren noch groß nach Schildern Ausschau halten musste. Nachdem er sich nochmals anhand seiner Notizen versicherte hielt er den Wagen vor einer der alten Villen an der Straße. Vor einem eisernen Tor, von einer hohen Hecke eingerahmt, stieg er aus dem Wagen und drückte den Klingelknopf. Nach einer kurzen Wartezeit, in der er seine Kleidung etwas richtete, wurde das Tor elektrisch geöffnet und er durfte bis zur Eingangstür des Hauses gehen. Hier erwartete ihn ein Mann von vielleicht 20 Jahren, wie der Kommissar schätzte. „Herr von Bogen-Rieth?" „Kommt drauf an wen Sie sprechen möchten?" „Ja, natürlich", sagte der Kommissar und holte aus der Innentasche seinen Polizeiausweis heraus. „Hauptkommissar Frey. Ich möchte Herrn Hermann Graf von Bogen-Rieth sprechen." Der Mann schaute sich den Ausweis sehr genau an. Dann blickte er den Kommissar direkt an. „Dann wollen Sie meinen Vater sprechen. Kommen Sie herein." Der Kommissar folgte dem Sohn des Hauses bis in ein Wohnzimmer, das einen schönen Blick durch bodentiefe Fenster in den Garten zuließ.

„Setzen Sie sich, ich hole meinen Vater." Mit diesen Worten verschwand der Sohn im Haus. Kurze Zeit später erschien er mit einem Mann, der sein größerer Bruder hätte sein können, so ähnlich sahen sich Vater und Sohn. Nur die Farbe der Haare, hier das Dunkelblond des Sohns, dort das Grauweiß des Vaters, zeigte den Altersunterschied. „Herr Kommissar, Sie wollen mich sprechen?" „Sie sind Herr Hans-Christian Graf von Bogen-Rieth?" „Ja?" „Mein Name ist Hauptkommissar Frey. Ich komme vom Polizeipräsidium in der Ettstraße." „Bevor Sie weiter sprechen, möchten Sie etwas zu trinken?" Diese Unterbrechung kam dem Kommissar gut zu pass. „Ja, bitte ein Glas Wasser ohne Kohlensäure." Nachdem der Herr des Hauses sowohl für den Kommissar wie auch für sich das Wasser besorgt hatte, saßen die drei Gesprächsteilnehmer auf zwei Sofas in der Raummitte gegenüber. „Sehr geehrter Herr von Bogen-Rieth. Ich habe Ihnen eine sehr betrübliche Nachricht zu übermitteln." Was jetzt kam war immer wieder eine Überwindung für den Kommissar. „Ich muss ihnen mitteilen, dass Ihre Frau tot ist." Schweigen. Ein Schweigen, das schwerer als Blei wog, lag in der Luft. Der Sohn hatte sich sofort zu seinem Vater gesetzt und den Arm um seine Schulter gelegt. Dieser war kreidebleich im Gesicht geworden. Trotz starker, von Kindheit an erlernter Disziplin, war die Emotion jetzt doch so groß, dass er nichts sagen oder tun konnte. „Aber sie wollte doch heute mit dem Flieger zurück kommen? Eigentlich sollte sie schon da sein. Aber Verspätungen auf den Linien von Israel sind häufig", erklärte der Sohn. „Nein, diesmal kam der Flieger pünktlich in München am Flughafen an. Aber am Terminal kam es dann zur Katastrophe. Terroristen haben die Ankommenden und Wartenden getötet. Darunter auch Ihre Mutter, ähm, ihre Frau, Herr Graf." „Terroristen? Das muss ja gerade mal 1, 2 Stunden her sein?" „Genau. Die Polizei gibt auch keine Informationen über die Opfer heraus. Es herrscht eine Nachrichtensperre wegen der aktuellen Ermittlungen." „Aber warum? Warum meine Frau?", flüsterte unter Tränen der Graf. „Sie war wohl nur zum falschen Zeitpunkt am falschen Ort. So die Einschätzung der Ermittler und meine Meinung", antwortete der Kommissar. „Haben Sie die Leiche meiner Mutter gesehen?" „Nein, ich habe nur den Anschlagsort am Flughafen gesehen. Darüber möchte ich hier nicht sprechen. Nur soviel: die Leiche wird, wie alle anderen Opfer, auf Verletzungen untersucht. Dadurch soll der Tatablauf und die Todesursache ermittelt werden." „Wie lange wird das Dauern?", fragte wiederum der Sohn. „Das kann ich Ihnen nicht sagen. Ich weiß jetzt noch nicht mal, wohin die Leiche zur Untersuchung kam. Aber ich werde sie umgehend informieren." „Warum sind Sie und nicht jemand von der Regierung gekommen? Meine Mutter war doch immerhin ehemalige Staatssekretärin?" „Gerade deswegen bin ich gekommen. Ich habe den Auftrag speziell den Tod ihrer Mutter zu untersuchen. Ein Auftrag der von höchster Stelle gekommen ist – sie verstehen?" Der Sohn stand auf, ging in einen Nebenraum und kam mit einer Packung Tabletten zurück. „Vater, nimm eine Tablette, das wird Dir gut tun", sagte er und gab dem Vater die Tablette und ein Glas mit Wasser." Danach wandte er sich wieder dem Kommissar zu. „Sie sollen also den Tod meiner Mutter aufklären? Kann ich Ihnen irgendwie dabei helfen?" „Da Lage ist eigentlich klar. Terroristen haben einen Anschlag verübt und Ihre Mutter ist Opfer dieses Anschlags. Ich soll jetzt einen Bericht darüber schreiben."

Hermann, der jung Graf von Bogen-Rieth, deutete mit einem Nicken Verstehen an.

„Warum war denn Ihre Frau Mutter nach Israel gereist?" „Das weiß ich nicht so genau. Es ging um Verhandlungen mit Partnern in Israel, wegen eines Produkts ihrer Firma, aber genaueres? Sie hielt sich auch immer bedeckt. „Es ist besser ihr wisst nicht alles", war eine ihrer ständigen Antworten auf Fragen von uns. Daran hat sie sich auch gehalten. Wir wussten wann sie reist und wann sie zurück sein würde." „Und die Ankunft heute hatte sie Ihnen mitgeteilt?" „Ja, bevor sie in den Flieger stieg, sandte sie uns heute Vormittag eine SMS mit Ankunftszeit und der Nachricht, das wir sie nicht abholen sollen." „Wissen Sie, ob es Drohungen gegenüber Ihrer Mutter gab? Immerhin hatte ihre Firma Geschäftsbeziehungen nach Israel." „Nein, das kann ich nicht sagen. Das hätte sie uns niemals gesagt. Nein", erwiderte der Sohn. „Gibt es hier einen Schreibtisch mit Unterlagen über die Geschäfte Ihrer Mutter?" „Sie hat hier einen Schreibtisch. Da werden Sie aber nichts finden. Sie hatte immer alles in der Firma und in einem Sicherheitskoffer bei sich getragen. In ihrem Schreibtisch hier werden Sie nichts finden. Aber Sie können ihn gerne mal anschauen." Der Kommissar folgte dem jungen Grafen in den ersten Stock des Hauses. In einem nach Südosten ausgerichteten Zimmer befand sich ein älterer Schreibtisch vor dem Fenster. Frey setzte sich daran und schaute sich auf der Schreibfläche und in den Schubladen um. Alles war akkurat geordnet. Nichts lag an einer falschen Stelle. Die Gräfin war ein überordentlicher Mensch. Von Unterlagen der Firma, bis auf einige Faltblätter und einen Geschäftsbericht, fehlte jeder Hinweis. „Danke für diese freundliche Geste. Nein, Sie hatten recht, es gab nichts zu finden", bedankte sich der Kommissar. „Ich werde Sie jetzt verlassen, damit Sie sich Ihrem Vater zuwenden können." „Das ist auch notwendig. Die Nachricht hat ihn schwerer getroffen als er zeigt." „Übermitteln sie ihm mein Beileid. Kann ich mich bei Nachfragen an Sie wenden?" „Ja, sofern ich Ihnen helfen kann. Zu den Geschäften kann ich Ihnen nichts sagen." „Ja, das weiß ich jetzt. Trotzdem gebe ich Ihnen mal mein Kärtchen. Falls Ihnen etwas einfällt, können Sie mich unter dieser Nummer erreichen", mit diesen Worten gab der Kommissar ein Visitenkärtchen an den Sohn des Hauses. Danach verließ er ohne weitere Fragen mit einem einfachen „Auf Wiedersehen" das Haus der Grafen von Bogen-Rieht in der Menterschwaige.

6

Terminal-F-Kommission

„Es ist Punkt 18.00 Uhr Mitteleuropäischer Sommerzeit. Hiermit eröffne ich die erste Sitzung der interministeriellen Ermittlungskommission beim Bundesinnenministerium für die Aufklärung des heutigen Terroranschlags auf dem Flughafen München. In der Kurzform wird diese Ermittlungskommission in Zukunft „Terminal F-Kommission" genannt." Hauptkommissar Horst Frey saß am unteren Ende eines langen Tischerechtsecks in einem hellen, von Sonnenlicht durchfluteten Raum im Terminal 2 des Flughafen München. Neben ihm hatten seine beiden Kollegen Klein und Lieberwirth Platz genommen. Daniel Klein war trotz der Umstände auch hier wie aus dem Ei gepellt. Ein feiner Anzug aus bestem italienischen Stoff mit Hemd, Krawatte und Seidenschal locker um den Hals gelegt. Mit seinen fast 2 Metern war er einer der größten Männer im Raum. Die schwarzen Haare und ein Dreitagebart ließen ihn als Südländer durchgehen. Seit er vor zwei Jahren Anna Sophia Margarete von Bayern geheiratet hatte, legte er noch mehr Wert auf sein Äußeres. Frey fragte sich, wie der Oberkommissar mit seinem Gehalt dies alles finanzieren konnte. Manchmal kam er sich schon etwas merkwürdig vor, wenn er mit Klein zu einem Kunden ging, er in gemütlicher Kleidung sein Kollege in einer Art Sonntagsstaat. Aber gut, soll er es machen, Hauptsache er bringt gute Ergebnisse. Ganz anders sein zweiter Kollege Christian Lieberwirth. Ein gebürtiger Oberbayer der dies immer wieder in seiner Kleidung manifestierte. Häufig kam er mit einem dunklen Trachtenjanker in den Dienst. Zusammen mit einer einfachen dunklen Hose, manches Mal auch eine Jeans, sah dies aber deutlich normaler aus als bei Klein.

An hohen Bayerischen Feiertagen kam er aber auch in Bayerischer Kluft in den Dienst, was beim Westfalen Frey immer wieder für belustigte Reaktionen sorgte. So legte er seinem Kollegen vor einiger Zeit das Fahndungsblatt für einen Wilddieb auf den Schreibtisch, was Lieberwirth mit einem unverständlichen bayerischen Ausspruch kommentierte. Aber auch bei Ihm galt

Freys Maßstab, die Qualität seiner Ermittlungsarbeit. Alle drei Kommissare empfanden die Klimaanlage, welche den Raum trotz der vielen Anwesenden und der Außentemperaturen für ein angenehmes Klima und eine Luft, die man als frisch empfand, sorgte, als die erfreulichste technische Ausstattung. Nachdem er den Anschlagsort gesehen hatte, ließ er die beiden Oberkommissare suchen und per polizeilichem Chauffeur ins Präsidium in die Löwengrube schaffen.

Obwohl sie noch an den Folgen der viel zu kurzen Nacht litten, teilte er ihnen die neue Aufgabe mit. Sie reagierten darüber sehr verwundert, hatten sie doch schon aus den Medien von dem spektakulären Anschlag erfahren, jedoch keinen Bezug zur eigenen Arbeit hergestellt. Kurze Zeit später erhielt der Hauptkommissar von der Staatsanwaltschaft die Einladung zu dieser Sitzung und den Auftrag sich pünktlich am Flughafen einzufinden. Auf einem Platz weiter vorne am Tisch, in Nähe des Redners, saß Oberstaatsanwältin Nicole Plattgrill und lauschte gespannt den Ausführungen des Staatssekretärs. „Mein Name ist Staatssekretär Hans-Klaus Mai zuständig unter anderem für den Bereich Terrorabwehr im Innenministerium. Ich werde diese Kommission bis zu seinem Ergebnisbericht auf ausdrücklichen Wunsch des Innenministers leiten." Leises Geraune zwischen einzelnen Anwesenden kommentierte diese Personalie Es folgte eine Vorstellungsrunde mit den verschiedenen anwesenden Vertretern von Behörden, Polizeieinrichtungen und weiterer Ämter sowie dreier Vertreter der Botschaft Israels aus Berlin. Ganz zum Schluss durften sich auch der Hauptkommissar und seine beiden Kollegen vorstellen. Bei der Nennung seiner Abteilung im Polizeipräsidium mussten einzelne Anwesende leicht lächeln. Diese Reaktion nutzte Oberstaatsanwältin Plattgrill für eine Erklärung: „Sehr geehrte Damen und Herren, der Herr Hauptkommissar und seine beiden Kollegen sind auf ausdrücklichen Wunsch der Staatskanzlei und in Absprache mit dem Bundesinnenministerium in diese Kommission aufgenommen worden. Es gibt somit keinerlei Grund für irgendwelche Reaktionen." „Danke, Frau Oberstaatsanwältin, mir ist diese Sachlage bekannt und jetzt auch den anderen Anwesenden. Ich möchte keine Zeit vertun und bitte um einen Bericht zum Hergang des Anschlags ... Wer kann dazu etwas zusammenfassendes berichten? Vielleicht Sie, Herr Karl-Dieter Engelhardt?" Er hatte zuerst in die Runde geschaut und ließ dann seinen Blick auf einem Mann drei Plätze rechts von sich ruhen. Engelhardt, in der neuen Uniform der Bundespolizei, mit einigen goldfarbenen Sternsymbolen auf den Schulterstücken räusperte sich, nahm einen Schluck Wasser und begann: „Zum Hergang dieses abscheulichen Anschlags habe ich mit meinen Mitarbeitern die Aufzeichnungen der Überwachungskameras sowie erste Zeugenaussagen und die bisherigen Tatortaufnahmen ausgewertet. Es ergibt sich bis jetzt folgendes Bild: Die Attentäter hatten es auf die Fluggäste und Besucher des Fluges 7L 5097 der Fluglinie Sun d`Or International Airline abgesehen. Diese Linie bietet jeden Samstag einen Linienflug von Tel Aviv nach München und zurück. Wie jeder Flug von und nach Israel wurde auch dieser am Terminal F abgefertigt. Ankunftszeit ist 12.00 Mitteleuropäischer Sommerzeit. Um 13.25 Uhr erfolgt der Rückflug unter 7L 5098 nach Tel Aviv."

Der Redner hielt kurz inne um erneut einen Schluck Wasser zu trinken. „Danke für diese erste Information. Könnten Sie genauer den Ablauf der Tat schildern?", meldete sich der Staatssekretär. „Dazu komme ich jetzt. Also, der Ablauf. Die Maschine landete planmäßig und erreichte um 12.00 Uhr das Terminal F. Gegen 12.25 Uhr verließen die ersten Reisenden das Gebäude und wurden von Verwandten und Freunden empfangen. Deswegen bildeten sich auf dem Platz vor dem Terminal kleinere und größere Gruppen. Der Platz war in der seit Jahren bewährten Art und Weise gesichert. Ein Polizeiwagen blockierte die Zufahrt an der südwestlichen Zuwegung. Ein PKW sicherte die Ausfahrt im Norden des Sicherheitsbereich. Zudem kontrollierten 2 Polizeibeamte die Laufbänder zum und vom Terminal." Unter seiner schönen, neuen Uniform, so beobachtete Frey, begann Engelhardt sichtlich zu schwitzen. Rinnsale der Flüssigkeit liefen ihm auch über das Gesicht und sein regelmäßiger Griff zum Taschentuch sorgte nur kurzfristig für Linderung. „Die folgenden Ausführungen kann ich mit einigen Fotos und Filmbildern aus den Überwachungskameras unterlegen. Leider muss ich die teilweise schlechte Qualität entschuldigen. Zudem sind nicht alle Schritte des Überfalls aufgenommen worden." Eine weiße Leinwand wurde von der Decke herunter gelassen, vor den Fenstern Sonnenblenden abgesenkt und ein Beamer aufgestellt. „Im Zugangsbereich zum Terminal kontrollierte ein weiterer Beamter mit Maschinenpistole. Gegen 12.27 Uhr fuhr, vom Bushalteplatz neben dem Vorplatz des Terminal F kommend, ein Geländewagen aus bayerischer Produktion mit einem Kuhfänger vor der Kühlerhaube, in den Querungsbereich an den Laufbändern und bog hier in Richtung Vorplatz ein. Er befuhr das Schotterbett und gelangte zwischen dem sichernden Polizeibulli und einem Betonpfeiler hindurch auf den Vorplatz." Schwarzweiße Bilder zeigten die Vorfahrt des Wagen. Aus einem zweiten Wagen hoben

Komplizen einen Rollstuhl und schoben ihn auf das Laufband. Hinter dem Rollstuhl nahm einer der Attentäter Deckung und beschoss die beiden Polizisten am Rollbahnende, vor dem Eingang zum Terminal F. „Die beiden Kollegen waren sofort tot. Der Attentäter ließ den Rollstuhl allein weiter Fahren und beschoss die Passagiere auf dem Laufband. Der erste Wagen fuhr über den Vorplatz auf den zweiten Einsatzwagen zu, beschoss diesen und drückte ihn gegen die Sichtschutzwand neben der Ausfahrt." Auf der Leinwand flimmerten Bilder von dieser Aktion, aufgenommen von einer Übersichtkamera auf einem Lichtmast. „Weitere Attentäter fuhren mit ihrem Wagen, dem 2. Wagen, auf die Gruppen der Wartenden und Ankommenden zu und beschossen diese aus halbautomatischen Waffen. Des weiteren warfen sie Handgranaten zwischen die Wartenden und auf die Türen des Terminals." Auch diese Darstellung konnte durch Filmbilder belegt werden. „Gegen Ende des Anschlags fuhr der Mann im Rollstuhl in die herum laufenden und am Boden liegenden Verwundeten und sprengte sich in die Luft." Ein lauter Knall und eine Rauchwolke im Film machten die Stärke der Explosion deutlich. „Beim Wegfahren schossen die Attentäter in den Pavillon und warfen weitere Handgranaten auf die hinteren Türen des Terminal. Hierdurch starben mehrere Mitarbeiter des Flughafen sowie Sicherheitsbeamte der israelischen Botschaft." „Um wie viele Tote und Verwundete handelt es sich insgesamt?", fragte Staatssekretär Mai. Der Staatssekretär blickte bei dieser Frage einen Mann zu seiner Rechten an. „Herr Vogt, hat der BND dazu eine Antwort?" Der Angesprochene wendete sich mit seiner Antwort an die Anwesenden: „Einer ersten Überschlagsrechnung nach sind 34 Menschen getötet worden, darunter einer der Attentäter durch Selbstmord. Verwundete haben wird derzeit 61, wovon wahrscheinlich noch 4 an ihren Verletzungen sterben können." Auf diese Antwort meldete sich ein Mann von der linken Tischseite, der bisher eher ruhig zugehört hatte. „Ich möchte nicht die militärisch anmutende Geschäftigkeit unterbrechen, ich kenne sie von meinen Einsätzen als Notfallgeistlicher, jedoch möchte ich wissen, ob die Namen der Opfer bekannt sind und ob die Angehörigen benachrichtigt worden sind?" „Herr Pfarrer Kuppler, danke für ihren Hinweis. Wer kann hierzu Angaben machen? Herr Vogt? Schön, der BND, Sie haben das Wort", moderierte Mai den Gedankenaustausch. „Die Namen der meisten Opfer sind bekannt. Sie sind aus Israel oder deutsche Bürger jüdischen Glaubens. Unter den Toten befinden sich aber mit der ehemaligen Staatssekretärin von Bogen-Rieth eine prominente nichtjüdische Deutsche. Des weiteren ist unter den nichtjüdischen Deutschen Herr Alois Wimmer, ein Aktivist der Münchener

Friedensbewegung." „Vielen Danke, Herr Vogt. Ist damit Ihre Frage beant-wortet, Herr Pfarrer Kuppler?" „Ja, und vielen Dank für diese Information. Ich werde mir die Adressen der Familien geben lassen und diesen einen Kondolenzbesuch abstatten." „Danke Herr Pfarrer, das ist eine gute Idee. Übermitteln Sie den Hinterbliebenen mein persönliches Beileid. Ich denke, dass die Bundesregierung sich noch gesondert an die Familien der Opfer wendet." „Davon gehe ich aus, Herr Staatssekretär", erklärte Pfarrer Kuppler und lehnte sich zufrieden auf seinem Stuhl zurück. „Das können Sie. Trotz dieser sehr schlechten Nachrichten, bedanke ich mich hiermit auch für die rasche Arbeit aller Dienste. Wie uns allen bekannt ist, kann nur eine rasche Aufklärung zu einer schnellen Ermittlung der Täter führen. Gibt es Fragen?", so Mai. „Ja, da gebe ich Ihnen Recht", meldete sich Oberstaatsanwältin Platt-grill zu Wort und fragte: "Welche Waffen wurden von den Terroristen einge-setzt? Lassen sich daraus Rückschlüsse auf die Täter ziehen?" Der Staatsse-kretär sandte der Oberstaatsanwältin einen missbilligenden Blick zu, weil diese von sich aus ein anderes Thema angeschnitten hatte. Bevor er jedoch etwas darauf sagen konnte, meldete sich eine Vertreterin des Bundeskrimi-nalamts. „Ja, Frau Annika Rhodel? Sie haben sich die Waffen angeschaut?"

„Genau, mehr konnte ich noch nicht machen. Genaueres gibt es erst mor-gen. Aber etwas lässt sich schon sagen. Kurz gesagt handelt es sich um ein Waffenspektrum wie es von terroristischen Gruppen des Nahen Os-ten eingesetzt wird. Schnellfeuerwaffen osteuropäischen Ursprungs. Die Handgranaten stammen vermutlich aus russischer Herstellung." „Und der Sprengstoff des Selbstmordattentäters?" „Das muss noch genauer analy-siert werden. Unser Labor sagt aber, das es sich ebenfalls um bei Terroran-schlägen übliches Material handelt."
„Das heißt, von der Bewaffnung bis zur Munition und zum Ablauf kann man von einem terroristischen Anschlag aus dem Umfeld oder gar direkt von Al Kaida ausgehen?", möchte der Staatssekretär wissen. „Das will ich jetzt, zu diesem frühen Zeitpunkt, nicht so eindeutig sagen, dazu müssen wir noch die weiteren Untersuchungen des Labors abwarten", drückte sich Referen-tin Rhodel um eine konkrete Antwort. „Wir sollten hier in dieser Kommission durchaus mit dieser Arbeitshypothese arbeiten", erklärte der Staatssekretär. „Das Anschlagziel „Israelische Bürger" und eine israelische Fluggesellschaft, Anschlaghergang mittels Selbstmordattentäter und die terroristenspezifi-sche Bewaffnung sprechen hier doch eine sehr deutliche Sprache. Stimmen Sie mir da zu?" "Ja, das stimmt schon ….", will Rhodel zu einer Antwort an-

setzen. „Na, dann hätten wir es ja bis hier hin. Können uns die Dienste weitere Information geben?", schneidet Mai den Satz ab. „Wir ermitteln derzeit unter unseren Gewährsleuten im nahöstlichen und arabischen Raum, ob diese nähere Informationen bekommen können", erklärte Petrus Weismann als Vertreter des BND. „Wie unsere Kollegen melden, sind im Westjordanland und im Gaza tausende Hamasanhänger auf den Straßen um diesen Anschlag zu bejubeln. In anderen Ländern des Nahen Ostens halten sich die Reaktion sehr zurück", ergänzte Uri Grube aus der Delegation der israelischen Botschaft. „In den deutschen Medien wird auch von allen möglichen Attentätern spekuliert, natürlich wird immer wieder Al Kaida genannt. Was sollen wir denn den Reporten sagen?", meldete sich Oberstaatsanwältin Plattgrill. „Nichts konkretes!! Ganz wichtig!! Aus ermittlungstaktischen Gründen gibt das Bundesinnenministerium bis auf weiteres keine Information heraus", gab Mai die Linie vor und fuhrt weiter fort: „Ich hätte noch eine Frage, liebe Kollegen von der Bundespolizei." „Ja, wenn ich sie beantworten kann?", gab sich Engelhardt für eine Antwort geschlagen. „Über welchen Weg entkamen denn die Attentäter?" Nach einigem Zögern, hervorgerufen durch das Nachschauen in seinen Unterlagen, begann Engelhardt mit einem längeren Vortrag: „Der ganze Anschlag dauerte insgesamt 86 Sekunden. Vom Anfahren der beiden Wagen über die Bushaltestelle bis zum Verlassen des Vorplatzes durch die Ausfahrt im Norden. Sie bogen dann mit ihren Wagen nach Osten auf die Staatsstraße 2584 ab, die hier „Erdinger Allee" heißt. Sie fuhren über diese Straße parallel zur nördlichen Startbahn bis zur Anbindung an die Lohstraße und bogen dort nach Norden in Richtung Autobahn A 92. Bei nächster Gelegenheit bogen sie wieder nach Links, d.h. nach Westen ab, in die St 2084. Dadurch hatten sie in kurzer Zeit die Startbahn zwischen sich und den Anschlagsort gebracht." Engelhardt nahm erneut einen Schluck Wasser. „Auch auf dieser Straßen blieben sie nicht lange, sondern bogen in Richtung Norden zum Ort Schwaigermoos ab. Kurz vor der Autobahnbrücke der Moosstraße nach Freising, beim Stoibermühlsee, bogen sie zu einem großen Schuppen auf einem Feld ab. In dem Gebäude tauschten sie Fahrzeuge und vermutlich auch Kleidung. Nach ca. 20 Minuten explodierten in dem Schuppen einige Bomben. Das Feuer zerstörte alles, was dort gelagert worden war. Autos und Kleidung sowie Waffen verbrannten oder wurden stark beschädigt. Spuren sind deshalb nur schwer zu finden sein, aber die Untersuchungen laufen unter Hochdruck", berichtete Engelhardt weiter. „Und wie verlief die weitere Flucht der Attentäter? Oder haben sie die Spur der Attentäter vielleicht verloren?" „Auch wenn Polizei in der Nähe war, so hätten diese die BAB Auffahrt Freising-Nord beobachtet", führte Engelhardt weiter aus. „Die Moosstraße quert aber ca. 200 Meter vor der Auffahrt den Zubringer und führt nach Freising hinein. Über die – ähm, mal schauen – Erdinger Straße hätten die Attentäter die Isar durch Wohngebiete erreichen können. Zum Überqueren standen ihnen dann 2 Brücken zur Wahl." Engelhardt blickte nach dieser Darstellung etwas herausfordernd in die Runde. „Sofern sie nicht per Motorrad die Flucht fortsetzten, gäbe es zeitnahe Möglichkeiten den Bahnhof Freising zu erreichen." Der Redner nahm einen großen Schluck Wasser und führte dann weiter aus: „Keine 20 Minuten nach dem Attentat war die Autobahn Richtung Nürnberg bei Landshut gesperrt, Polizeikontrollen eingerichtet und alle Fahrzeuge wurden untersucht. Leider bisher ohne Erfolg. Nach dem vermutlichen Tausch von Kleidung und Fahrzeugen in dem Schuppen, fuhren sie ziemlich sicher direkt in die Wohngebiete von Freising hinein. Sie dürften demnach von der Ostseite zum Freisinger Bahnhof gekommen sein, falls das ihr Ziel war." „Und in die andere Richtung?" „Möglich wäre es auch mit Motorrädern von dem Schuppen direkt auf die Autobahn in Richtung Norden zu fahren. Dieser Schuppen liegt direkt an der Fahrbahn, ca. 50 Meter entfernt. Sehr gut ausgewählt. Unter diesen Umständen ist es sehr schwierig einen unbekannten Flüchtigen zu stellen!" „Gab es denn auch Kontrollen in Freising?" „Ja, hm. Das wurde veranlasst. Es ist aber schwierig im Stadtgebiet Fahrzeugkontrollen durchzuführen. Das ist fast unmöglich, vor allem in so kurzer Zeit." „Also keine?" „Doch, schon, an den Ausfallstraßen. Dort gab es Kontrollen. Jedoch waren die Kollegen vor Ort noch nicht über den konkreten Fall informiert und wussten auch nicht, nach wem sie suchen sollten." „Gab es denn Überprüfungen in den Zügen?", ließ Staatssekretär Mai nicht locker. „Auch beim Zugverkehr haben wir etwas unternommen. Jedoch hat es längere Zeit gedauert, bis die Kontakte zur Bahn standen", erklärte Engelhardt. „Also konnten die Attentäter bis zum Bahnhof Freising fahren, von dem Schuppen an der Autobahn sind das ca. 3 Kilometer, dort einen Zug besteigen und in aller Ruhe von dannen fahren. Sind die Autos auf dem Parkplatz am Bahnhof kontrolliert worden?" „Ja, aber ohne konkrete Hinweise oder Verdachtsmomente. Zwei Türken mussten nach einer Befragung wieder laufen gelassen werden." „Also tappen wir im Dunkel", zog Staatssekretär Mai ein ernüchterndes Resümee. „Ich hätte da eine Frage, Herr Staatssekretär. Wie sieht es denn mit einem Polizeihubschrauber aus? Konnte man damit denn den Attentätern nicht auf den Fersen bleiben?", meldete sich Oberstaatsanwältin Plattgrill. „Das wäre eine sehr gute Möglichkeit gewesen. Leider war der Hubschrauber aber im Raum östlich von München, entlang der Autobahn Salzburg, auf Verkehrsbeobachtung unterwegs. Ich sage nur Irschenberg! Er wurde umgehend alarmiert und kam auch sofort zum Flughafen herüber geflogen." „Und er hat auch keine Erkenntnisse geliefert?", ergänzte der Staatssekretär die Frage. „Leider nein. Da die Attentäter um die Startbahn herum fuhren waren sie im Sicherheitsbereich der landenden und startenden Flugzeuge. Diesen Sicherheitsbereich musste der Hubschrauber umfliegen. Das benötigte zusätzliche Zeit." „Gibt es denn zumindest irgendwelche Reaktionen aus dem üblichen Umfeld. Bekennerschreiben oder anderes?", wandte sich der Staatssekretär an die Vertreter der Geheimdienste. „Bis zur Stunde nicht!", erklärte ein Mitarbeiter des BKA, „Wir beobachten die einschlägigen Internetseiten, auf denen früher schon Bekennerschreiben und Erklärungen abgespeichert worden waren. Bisher ohne Erfolg." „Auch bei den arabischen Fernsehsendern traf bisher nichts ein. Wir haben dort sofort nachgefragt", ergänzte eine Mitarbeiterin des Außenministeriums. „Nah gut, vielleicht warten sie noch ab, was geschieht und welche Folgen der Anschlag hat."

„So, jetzt habe ich für mich die ersten wichtigen Informationen. Ich werde gleich vor die Presse treten und eine unverbindliche Erklärung abgeben. Wir treffen uns wieder in dieser Runde morgen um 12.00 Uhr! Viel Erfolg bei den Ermittlungen", erklärte Staatssekretär Mai und verließ, gefolgt von zwei Beamten mit schweren Koffern, den Raum. Die drei Münchener Kommissare blieben sitzen und schauten dem Aufbruch der Vertreter bundesdeutscher und ausländischer Behörden und Dienste zu. Erst als der Raum fast leer war standen sie auch auf und gingen zum Ausgang.

7

Leichenschau

„Das tat gut, jetzt bin ich wieder besser auf den Beinen", sagte ein zufriedenen Christian Lieberwirth zu seinen Kollegen. Gemeinsam mit Frey und Klein hatte er sich in ein Lokal am Flughafen begeben und gegessen. Das Wirtshaus verströmte den zweideutigen Charme einer nachgemachten Filmkulisse für einen oberbayerischen Heimatfilm. „Ja, ja, jetzt hast Du wieder Oberwasser. Eben, in der Sitzung, warst Du mehr in Träumen als in der Gegenwart", kommentierte Frey seinen Kollegen. Das deftige Essen hatte allen gut geschmeckt und die Ecke, in die sich die drei Polizisten gesetzt hatten, ließ auch ein Gespräch über die Ermittlungen zu. Nach einem guten Schluck aus einem Glas mit Spezi griff der Hauptkommissar dieses Thema auf. „So, nach dieser Stärkung können wir uns auch wieder mit unserm Auftrag beschäftigen. Wie seht Ihr die Sache?" Die beiden Oberkommissare schauten sich gegenseitig an und grübelten über den Wunsch ihres Vorgesetzten nach. „Was soll ich schon sagen, es hat diesen Terrorüberfall gegeben, ein Szenario über das in den Jahren seit September 2001 viel nachgedacht wurde", meldete sich Daniel Klein. „Jetzt ist es da, aber was wir dabei suchen, ich habe es nicht verstanden." „Mir ist auch schleierhaft, warum das Innenministerium uns auf den Tod dieser Ex-Staatssekretärin ansetzt. Das wäre doch ein Fall für die Experten in Berlin. Oder auch für die Pullacher. Aber doch nicht für unsere Truppe", ergänzte Christian Lieberwirth die Bedenken seines Kollegen. „Das bringt uns nicht weiter. Ich war am Nachmittag in der Firma für die diese von Bogen-Rieht arbeitete. Ihr Arbeitgeber ist in Berlin und wird nicht vor morgen in München sein. Die Stallwache konnte mir nichts sagen und auch das Büro des Opfers gab keine Hinweise her." „An was denkst Du denn? Es handelt sich um einen Terroranschlag. Da findest Du keine Hinweise im Büro oder ihrer Wohnung." „Wohl wahr, aber meine Neugierde hat es mit sich gebracht, dass ich mir Unterlagen über das Opfer und die Firma mitgenommen habe. Liegen in meinem Büro." „Wir sollten auch den anderen Opferfamilien in München einen Besuch abstatten", schlug Lieberwirth vor. „Dany, was soll das denn bringen?", erwiderte Klein und winkte ab. „Zumindest ein ruhiges Gewissen. Über die Täter werden wir nichts erfahren, das ist klar. Aber wir können dem Chef etwas berichten, das wir getan haben." „Toll, staatlich bezahlte Kondolenzbesuche durch die Polizei. Das wird´s wohl nicht sein, was die Oberstaatsanwältin von uns will", erwiderte der andere Oberkommissar. „Jetzt mal etwas ernster. Wir müssen einen Bericht an die Oberstaatsanwältin schreiben und dafür benötigen wir Grundlagen. Diese sollten wir uns besorgen. Deshalb fahre ich morgen nochmals zu der Firma, für die Frau Dr. Bogen-Rieth gearbeitet hat", erklärte der Hauptkommissar. „Die ist in dem Hochhaus an der Donnersberger Brücke, nicht wahr? Da komme ich mit", erklärte Oberkommissar Klein seinem Chef. „Gut, morgen, nach dieser Sitzung der Untersuchungskommission. Dann wissen wir auch neueres über die Ermittlungen der anderen Stellen", sagte ihm Frey. „Wir brauchen aber noch mehr Futter für den Bericht. Eine Darstellung des Ablaufs des Terroranschlags wäre ganz gut", gab Lieberwirth zu bedenken. „Richtig, so als Einführung. Was ist geschehen? Welche Auswirkungen? Wie kam das Opfer zu Tode?", ergänzte ihn Klein. „Ja, und dafür müssen wir wissen, wie das Opfer getötet wurde. Wir müssen eine Obduktion vornehmen lassen und den Bericht haben", schlug Frey vor. Kaum ausgesprochen griff Klein zu seinem Handy und wählte eine Nummer. Nach kurzem Warten meldet sich jemand am anderen Ende. „Ja, Signe, ich bin´s, genau, der Dany", es entstand eine Pause in der das Gesicht des Oberkommissars einige Grimassen schnitt. Dann konnte er wieder das Wort an sich ziehen. „Ja, Du hast recht, wir hätten uns schon lange mal wieder treffen müssen. Hast Du denn heute Abend Zeit? Nein! Schade", die beiden Kollegen erkennen in einem Lächeln, dass sich die schlechte Stimmung bei Signe deutlich gebessert haben muss. „Ja, dann rufe ich nächste Woche noch mal an. Aber jetzt zu einem anderen Thema. Hast Du von dem Anschlag am Flughafen erfahren? Ja! Dann weißt Du auch wo die Leichen untersucht werden? Ja, bei Euch, das ist gut. Ich brauche Informationen, wer die Obduktionen vornimmt." Nach einer längeren Pause konnte Klein wieder etwas sagen: „Schön, sehr schön, den kennen wir gut. Professor Ungeheuer von der Rechtsmedizin der LMU. Danke Signe. Nächste Woche ruf ich dann an. Bis dahin Tschüssi." Seine beiden Kollegen konnten sich ein Schmunzeln nicht verkneifen, nachdem der Oberkommissar sein Telefonat beendet hatte. „Ein großer Einsatz für eine Information. Mit vollem Körpereinsatz bei der Sache", bemerkte Lieberwirth. „Aber wir wissen jetzt, dass unser Freund Professor Doktor Norberto Ungeheuer unser Opfer unter seinen Messern hat. Den werden wir besuchen müssen. Ich möchte schnell wissen wie der Staatssekretär getötet wurde", erklärt Hauptkommissar Frey und nahm sein Handy aus seiner Innentasche. Nachdem er es eingeschaltet und die Nummer des Professors gewählt hatte, dauerte es einige Zeit bis sich der Rechtsmediziner meldete. „Ja! Hallo Norberto, wie geht´s?" „Was soll die Frage, Horst? Du weißt es doch sehr genau. Dieses Attentat hat meine ganze Wochenendplanung durcheinander gebracht. Anstelle am Gardasee zu ruhen stehe ich hier in der Klinik und darf mich mit den armen Opfern dieser Mörder, oder besser dem was davon noch da ist, herum schlagen." „Das tut mir leid, aber auch ich gehöre zu den Betroffenen." „Wieso denn das? Was hat denn die Münchener Mordkommission damit zu tun? Da sind doch Terrorfahnder aus allen möglichen Ministerien und Behörden dran." „Ja, aber nicht nur. Ich habe den Auftrag von ganz oben. Ein Bericht über die Ex-Staatssekretärin von Bogen-Rieth ist der Auftrag." „Ah, ich hör schon alle Vögel zwitschern und Grashalme flüstern." „Dann brauche ich Dir ja nicht meine Bitte zu sagen." „Nein, brauchst Du nicht. Du willst einen Obduktionsbericht über die Gräfin." „Genau und zwar möglichst schnell." „Ja was denn sonst? Ob Pullach, Berlin oder Washington, alle wollen es möglichst schnell. Am besten gestern." „Ich weiß, diese Herren durfte ich heute schon genießen. Ich war in der ersten Sitzung der Untersuchungskommission. Aber ‚sag an, wann kann ich kommen und etwas mitnehmen?" „Hm, die Bogen-Rieth, die und die vier anderen Deutschen habe ich hier. Pass auf. Kannst Du heute um 22.30 Uhr vorbei schauen? Nein, besser um 23.00 Uhr?" „Gut, mach ich. Soll ich etwas mitbringen?" „Ja, wie immer!" „Wird gemacht! Bis 23.00 Uhr", antwortete der Hauptkommissar, unterbrach die Verbindung und schaltete das Handy wieder ab. „Wir sind gut, schneller als die Polizei erlaubt", ulkte Daniel Klein über den schnellen Erfolg der Telefonaktion. „Stimmt, denn wir werden noch vor Mitternacht etwas genaues erfahren", stimmte Lieberwirth bei. „Und das bedeutet, dass Ihr morgen in der Ettstraße sein werdet", gab der Hauptkommissar seinen beiden Untergebenen bekannt. „Dann werden wir uns mit dem Bericht unseres Professors beschäftigen und den Besuch in Uhdes Firma beraten."

8

Wundbetrachtung

Solch späte Termine mochte der Hauptkommissar nicht. Wenn möglich rundete er den Arbeitstag, zumal wenn es ein Samstag ist, mit einem entspannenden Besuch in einer gemütlichen Lokalität ab. Seine Form der Beendigung des Arbeitstages war jedoch in der Vergangenheit immer wieder auf Kritik seiner Freundinnen gestoßen, führte diese Liebhaberei doch zu direkten Folgen in schwierigen Körperzonen. Deshalb war der Besuch beim Rechtsmediziner um 23.00 Uhr nicht seine Sache. „Ah, Horst, da bist Du ja. Grüße Dich", begrüßte ihn Professor Ungeheuer in seinem Institut. In den Jahren seiner Arbeit in München war Frey ungezählte Male in diesen aseptischen Räumen gewesen. Der grün gekachelte Bereich der LMU, in der die Rechtsmedizin ihren Sitz hatte, waren ihm so bekannt, wie die Straßen und Plätze um seine Wohnung. Im Laufe der Zeit waren er und der Professor sich näher gekommen. Besuche des Hauptkommissars bei der Familie und Einladungen in das Ferienhaus des Professors in der Toskana unterstrichen die freundschaftlichen Beziehungen. „Wie ich sehe noch immer fleißig im Kampf gegen das Verbrechen", antwortete der Kommissar. „Hier das Gewünschte", sagte er weiter und übergab dem Professor die Tüte eines Italienischen Restaurants. „So einen Service mag ich. Komm mit in mein Büro, dort kann ich Dir etwas erzählen." „Oh, es gibt etwas zu erzählen?" „Ja, Du wolltest doch einen Bericht für die Herren in der Staatskanzlei." Nachdem sich der Professor in seinem Büro gemütlich gemacht, das Essen vor sich auf dem Schreibtisch ausgebreitet hatte und mit dem Essen beginnen wollte, unterbrach ihn der Kommissar: „Wie war das mit dem Bericht?" „Oh, ja, die Vorfreude auf das Essen, hätte es fast vergessen." Mit den Worten: „Hier kannst Du es nachlesen", überreichte ihm der Professor den Bericht als Computerausdruck. Der Kommissar nahm ihn und las darin herum. Während dessen genoss der Professor sichtlich die italienische Küche an seinem Schreibtisch. Über eine Viertelstunde waberten nur Essgeräusche, Papierrascheln und Hintergrundlärm der Stadt durch die Luft des Büros. Dann nahm der Professor einen guten Schluck aus seinem Weinglas und schaute fragend zum Kommissar hinüber. Dieser schaute auf und wusste, dass sein

Gegenüber jetzt für Fragen zugänglich war. „Das ist eine gute Beschreibung dessen, was ich am Flughafen gesehen habe. Es war ein ganz schlimmes Abschlachten", meinte der Kommissar und die Erinnerung an das Gesehene ließ ihn erneut erschauern. „Diese Terrortruppe hatte seine Opfer von drei Seiten unter Beschuss genommen. Denen war der Ort sehr gut bekannt. Die wussten wie sie es machen mussten, um möglichst viele zu töten." „Das hast Du auch hier geschrieben. Die Kugeln drangen bei den vier Opfern die Du untersucht hast von allen Seiten in die Körper ein." „Ja, direkt aus den Handfeuerwaffen, indirekt durch Querschläger, macht ganz böse Wunden, und dann noch diese Bombe im Rollstuhl." „Ich habe die Wirkung selbst gesehen, das musst Du mir nicht erzählen. Es war grausam. Wie ich gelesen habe, hast Du nur die vier deutschen Opfer hier. Aber es waren doch über Dreißig Opfer." „Stimmt, die nichtjüdischen deutschen Opfer sind bei mir. Die Opfer anderer Nationalität, es waren fünf US-Amerikaner dabei und drei Briten, haben die Geheimdienste und Behörden in die Heimatländer geholt, um sie selbst zu untersuchen." „Was ist mit den jüdischen Opfern geschehen?" „Da hat sofort die israelische Regierung und der Mossad seine Hände drüber gehalten. Ob deutsch oder israelisch, sie sind nicht bei mir gelandet." „Und der Attentäter im Rollstuhl?" „Der steht unter deutschem Recht. Den haben sie nach Berlin gebracht. Da darf sich ein Kollege in der Charité mit freuen." „Ich habe den Bericht überflogen. Gibt es irgend etwas das Dir besonders aufgefallen ist?" „Ich habe eigentlich alles in den Bericht hinein gegeben. Es war eben ein Terrorüberfall." „Also nichts besonderes. Nichts was Dir zu Denken gibt?" „Doch, eine Sache ist merkwürdig." „Ja, was?" „Ich habe Dir ja eben schon gesagt, das die Opfer Wunden durch Einschüsse, Querschläger und Bombensplitter aus verschiedenen Richtungen und von den unterschiedlichen Waffen erhielten. Was mir jedoch auffiel, war die Anzahl der Einschüsse bei dem Opfer Bogen-Rieth." „In wie fern war das merkwürdig?" „Ich habe wohl mehr als die doppelte Anzahl an Einschüssen bei der von Bogen-Rieth gefunden wie bei den anderen drei Deutschen." „Ist das etwas besonderes? Er stand wohl so unglücklich." „Ich fand Einschüsse, direkte Einschüsse, keine Querschläger, die er erhielt als er schon am Boden lag." „Das kann daher rühren, dass die Attentäter in die größte Gruppe hinein geschossen haben. Oder sie schossen dorthin, wo die meisten Opfer am Boden lagen." „Ja, das kann sein. Man muss wohl erst auf die Lageskizzen warten, um hier etwas genaueres auszusagen. Deshalb steht das auch nicht im meinem Bericht. Nur Du weißt es." Nach einer Pause fügte der Professor dann noch hinzu: „Nein, auf keinen Fall. Es kam mir fast so vor, als wenn der

Staatssekretär besonders viel abbekommen hätte." „Danke für diesen interessanten Hinweis. Nur werde ich das nicht für den Bericht an die Staatskanzlei nehmen, dass ist mir zu spektakulär." „Richtig, lass es sein." „Keine Sorge, ich kann schweigen." „Das ist gut, Du alter, schweigsamer Preuße", lachte Professor Ungeheuer und wandte sich den Resten seines Essens zu.

9

Moscheebesuch

Das Gebäude könnte in jedem Ort eines nahöstlichen Landes stehen. Palmen umstanden und von gleißender Sonne umstrahlt hätte es einen fotogenen Anblick für Touristen ergeben. Daran musste Hauptkommissar Frey denken, als er mit einem zivilen Dienstwagen an diesem Sonntagmorgen über die Freisinger Landstraße nach Norden fuhr. Dieses Gebäude stand jedoch nicht in einem Wüstenstaat, sondern am äußersten nördlichen Rand der Landeshauptstadt. So weit im Norden schienen die Politik der Landeshauptstadt diesen Fremdkörper aus ihrer Stadt zu verbannen gewollt haben, kam dem Kommissar in den Sinn. Zudem, dies wurde dem Kommissar klar, als er wegen der „Düfte" von Draußen das Seitenfenster schließen musste, an einem wenig einladenden Ort, in Sichtweite der Müllberge und im Abwind der Kläranlage Großlappen. Auch der ländlich klingende Name Auensiedlung ließ den Umstand nicht verdecken, dass die Stadtväter die schönste Moschee Münchens an einem wenig geeigneten Standort in den 1970er Jahren genehmigt hatten. Gedanken dieser Art gingen dem Hauptkommissar durch den Kopf, während er sich langsam dem orientalischen Bauwerk näherte. Vor der Moschee bog er nach rechts in die Seitenstraße ein und parkte seinen Wagen am Straßenrand. Am Tor der Umfriedungsmauer stand ein Jugendlicher in aktueller Mode der ihn interessiert, aber mit einem bewusst gelangweilten Gesichtsausdruck entgegen schaute. Diesen sprach Frey an: „Guten Tag, junger Mann. Ich möchte jemanden vom

Vorstand der Moschee sprechen." „Sind Sie von der Polizei oder vom Ausländeramt?", kam mit einem oberbayerischen Akzent die herausfordernde Antwort des Jugendlichen.

„Warum sollte ich denn von dort her kommen?" „Weil Sie ein Deutscher sind, der nicht wie ein Muslim ausschaut und der den Imam sprechen möchte. Sonst kommt doch kein Deutscher hier hin, nur Beamte vom Ausländeramt oder der Polizei um ihn zu sprechen", kam die deutliche Antwort von dem Jugendlichen, bevor er das Tor öffnete und den Kommissar herein ließ. „Danke", sagte der Kommissar für die Hilfeleistung und folgte dem jungen Mann auf dem Weg zur Moschee. Vorbei an dem nach Oben spitz zulaufenden Minarett und einer Waschanlage für die Gläubigen ging der Weg in das Erdgeschoss des Gebäudes. Beim Eintreten wies der Junge auf ein Schild in deutscher Schrift: „Vor dem Betreten bitte die Schuhe ausziehen". Regale an den Wänden und einige darin liegende Schuhe zeigten dem Kommissar die Funktion derselben an. Nachdem er seine Schuhe ausgezogen hatte, bemerkte er den wenig vorzeigbaren Zustand seiner Socken und gedachte der verpassten Chance eines Waschtags am vorletzten Wochenende. In einem großen, von dicken, bunten Teppichen ausgelegten Raum, standen mehrere Tische mit Stühlen. An der Nordseite befand sich eine Cafeteria mit Anrichte. Daneben führte eine Tür zu einem weiteren Raum. An einem der Tische saßen drei Personen, die beim Betreten des Raums das Gespräch unterbrachen und sich nach dem Gast umschauten. Zwei waren älter, mit weißem Haar und weißen Bärten, der Dritte dagegen deutlich jünger, Mitte 20, hellblondes Haar und ohne Bart. Der Kommissar überlegte schnell, wie er seinen Besuch und die Hintergründe gegenüber den Vertretern der Gemeinde erklären sollte. „Guten Tag", sagte er ganz unverbindlich. Einer der beiden älteren Männer stand auf und grüßte mit „Grüß Gott" zurück, während die beiden Anderen mit einem „Salam" antworteten. „Danke. Mein Name ist Frey. Ich bin Hauptkommissar bei der Polizei in München." „Oh, die Polizei. Gibt es irgendwelche Probleme? Äh, mein Name ist Mohammed Raschid, ich bin hier in der Moschee der Vorsitzende der Gemeindeleitung. Dieser Herr ist unser Imam und dies hier ist mein Stellvertreter im Amt, Herr Meyer." „Konrad Meyer mit ey geschrieben." „Setzen Sie sich Herr Kommissar", bot der Vorsitzende an. „Möchten Sie einen Tee?" Ohne die Antwort abzuwarten rief er etwas in arabischer Sprache. Der Kommissar setzte sich mit an den Tisch während der Imam mit dem Vorsitzenden kurz auf arabisch sprach und dann den Raum verließ. „Womit können wir Ihnen helfen, Herr

Kommissar?" „Ich bin hier ohne einen konkreten Auftrag, also eher privat denn dienstlich. Dies erst einmal zur Einordnung meines Besuches." „Aber der Polizist ist doch 24 Stunden am Tag im Dienst – oder?", meinte Konrad Meyer mit einem sarkastischen Unterton. „Ein alter Spruch, den ich nicht teile", erwiderte der Hauptkommissar. „Sie sind nicht aus Bayern? Ihre Aussprache ist weder Bayrisch noch fränkisch oder schwäbisch", stellte Raschid fest, wohl auch um die Strenge aus dem Gespräch zu nehmen. „Ja, das stimmt. Das haben Sie bemerkt?" „Oh ja, auch wenn es die wenigsten Deutschen glauben. Ich habe viele Jahre in Dortmund und Hamburg gelebt. Moin Moin, geht mir auch gut von den Lippen – oder?" „Stimmt, kenn´ ich von meinen Besuchen im Emsland", bestätigte der Kommissar. Gerade wollte Meyer darauf antworten, als von der Anrichte eine Frau ein Tablett mit einer Teekanne, drei Gläsern und einem Teller mit allerlei Süßem brachte. Nachdem alles auf dem Tisch stand und sie sich entfernt hatte, nahm Mohammed Raschid das Gespräch wieder auf. „Also, womit kann ich helfen? Immerhin müssen wir Norddeutschen unter so viel Bayern zusammen halten", wobei er auf den neben ihm sitzenden Meyer blickte. „Sie können es sich denken. Das Attentat vom Flughafen." „Oh, ja, schlimm. Ganz schlimm! Aber den Wagen auf der gegenüber liegenden Straßenseite haben Sie doch gesehen? Sind wohl Freunde der geheimen Dienste, die hier nach Bombenlegern Ausschau halten." „Dann haben sie ja jetzt etwas zu berichten. Ich bin mit meinem Dienstwagen angereist", entgegnete der Kommissar, wobei ein Lächeln über die Gesichter der drei Männer huschte. „Aber zurück zu ihrer Frage. Über das Attentat sind wir hier genauso betroffen wie alle anderen Münchener. Das ist eine schlimme Tat. Das wird uns nur noch mehr Probleme und Schwierigkeiten bereiten, als wir schon haben seit dem 11. September." „Ich wundere mich nur, dass wir hier noch nicht durchsucht wurden", ergänzte Meyer seinen Vorsitzenden. „Sie haben also keine Ahnung über die Attentäter? Haben nichts gehört?" „Ja, ja, immer dasselbe. Es passiert etwas und sofort wird auf uns gezeigt." „Herr Raschid, genau das möchte ich vermeiden. Natürlich hätte ich hier auch mit einer Einsatzhundertschaft kommen, alles absperren und hinter jede Fliese schauen lassen. Damit hätte ich mir bestimmt einige Pluspunkte bei Vorgesetzten abholen können. Das wollte ich nicht und bin deshalb alleine hierher gekommen." „Das finde ich auch ganz gut von Ihnen, Herr Kommissar. Ich würde Ihnen auch gerne behilflich sein. Aber ich kann ihnen da nicht helfen. Selbst wenn hier von den Attentätern einer gewesen wäre, woher sollte ich ihn erkennen. Er kann sich verstellt haben oder hier nur seine Gebete gehalten haben", erklärte Mohammed Raschid. „Und Sie Herr Meyer? Ist ihnen etwas aufgefallen?" „Ich kann mich nur dem ehrenwerten Herrn Raschid anschließen", sagte Meyer. „Nein, aber absolut nichts. Wir von der Gemeindeleitung unterbinden auch diese Propaganda für Terror und Selbstmordattentäter", ergänzte dieser seinen Stellvertreter „Gibt es denn nicht unter den jungen Mitgliedern Sympathien für solche „Märtyrer"?" „Es wird viel geredet. Wie die Jungen so sind. Aber doch nur mit dem Mund. Nein, zum Attentat am Flughafen? Nein, dazu habe ich auch nichts gehört." Der Kommissar merkte, das er hier nichts erreichen würde. Warum sollte er aber auch gerade hier irgendwelche Hinweise bekommen? In der Vergangenheit wurde die Moschee mehrfach durchsucht. Jeder der ein solches Attentat plante, würde eher einen Bogen um die Gemeinde machen, denn hier würde er ja am ehesten auf Spitzel und Zuträger treffen, dachte der Kommissar. „Falls Sie etwas hören oder auch nur vermuten, informieren Sie mich bitte. Hier mein Kärtchen", bat der Kommissar um Mitarbeit. „Das werden wir machen. Ich werde auch noch mit den anderen Mitgliedern im Gemeindevorstand sprechen. Diese Tat steht nicht mit dem Koran und den Schriften des Propheten im Einklang", erklärte Raschid. „Wie ist es denn hier so, ich meine, die Nähe zum Müllberg und besonders zur Kläranlage? Das muss doch stören?", schweifte der Kommissar vom eigentlichen Thema ab. „Gut, man kann sich daran gewöhnen. Besonders bei sonnig-warmem Sommerwetter und Wind aus dem Westen ist es schon etwas streng. Aber, wie gesagt, es ist auch eine Frage der Gewöhnung. Wie das Wohnen an einer stark befahrenen Straße, der Lärm", meinte Raschid. „Früher muss es noch schlimmer gewesen sein. Als die Moschee in den 70er Jahren errichtet wurde, da war der alte Müllberg auf der anderen Straßenseite noch in Betrieb. Damals war es sehr viel unangenehmer als heute", vermutete der Kommissar. „Sehen Sie, ich beschäftige mich auch mit Geschichte und habe über die Anfänge der evangelischen Kirche hier in München gelesen. Die ersten Protestanten haben ihre Kirche in der Sonnenstraße, auf den Resten der ehemaligen Münchener Stadtbefestigung errichten müssen. Was glauben Sie, wie es damals dort aussah? In den alten Gräben wurde vermutlich der Müll der Stadt hinein geworfen. Und daneben oder darüber durfte dann die evangelische Gemeinde eine Kirche errichten", analysierte Raschid „Ah, das wusste ich so noch nicht", bemerkte der Kommissar. „Ja, aber so sehe ich die Moschee und deren Bauplatz hier. Draußen vor der Stadt, wie vor 200 Jahren die Protestanten. Aber Moscheen gibt es schon jetzt schöne in der Münchener Innenstadt", beendete Raschid seinen historischen Rückblick. „Hm, so habe ich das noch nicht gesehen.

Danke für den Tee und die Plätzchen. Auch an die Köchin." „Ja, ich werde es ihr ausrichten. Und viel Erfolg bei der Ermittlung der Attentäter", verabschiedete der Moscheevorsitzende den Kommissar. „Danke, aber das werden andere machen. Ich bin da nur ein kleines Rädchen. In Berlin sitzen die, die das Attentat aufklären müssen." „Machen Sie sich nicht kleiner als Sie sind, auch ein kleines Rädchen kann vieles bewegen." „Danke für die Blumen und auf Wiedersehen", verabschiedete sich der Kommissar. „Servus und Grüß Gott", antwortete Konrad Meyer während Raschid einen arabischen Gruß mit Salam noch um ein „Moin Moin" in Hamburger Akzent ergänzte. Nachdem der Kommissar wieder in seinem Wagen saß, schaute er etwas verstohlen über die Freisinger Straße hinweg und erkannte hinter einer Strauchreihe einen auffällig unauffälligen PKW mit zwei Personen hinter der Windschutzscheibe.

10

Wiedersehen

Kaum war Frey in seinem Büro angelangt, hatte seine Lederjacke an den Haken neben der Tür gehängt und sich am Wasserkocher für einen Tee zu schaffen gemacht, da ereilte ihn schon die Stimme der Oberstaatsanwältin. „Hauptkommissar, guten Morgen. Ach, es ist ja schon fast Mittag. Den Tee und ihr zweites Frühstück werden Sie nicht mehr genießen können. Sie kommen sofort mit mir mit. Der Wagen wartet!" „Ja, aber warum? Was ist denn los?", konnte er nur erwidern und vergaß über seine Überraschung den Gruß zu beantworten. „Das werden Sie auf der Fahrt erfahren. Nur soviel, die Herren aus Berlin lassen derzeit die Moschee in Fröttmaning auseinander nehmen." „Was! Um diese Zeit? Normal erfolgen doch solche Zugriffe am frühen Morgen, zu nachtschlafender Zeit", wunderte sich Frey. Hinter der Oberstaatsanwältin herlaufend, erreichte er den Dienstwagen vor dem

Tor in der Ettstraße. „Setzen Sie sich hier nach hinten, dann können wir besser sprechen. Walter, fahren Sie jetzt zügig zur Moschee." „Was habe ich denn verpasst?" „Ja, verpasst ist wohl das richtige Wort. Oder noch besser verschlafen." „Ja, was denn? Ist die Aktion nur etwas für die Medien oder gibt es konkretes?" „Konkretes? Und ob es konkretes gibt. Auf dem Gelände des Anschlags hat man ein Handy gefunden. Ein Handy das keinem der getöteten oder überlebten Passagieren gehörte." „Wem denn dann?" „Ja, das wollen Sie wissen? Sie haben ihn doch eben noch gesprochen." „Was soll ich? Einen Verdächtigen gesprochen haben? Das kann nicht sein!" „Ach nein? Wer ist denn mit einem Dienstwagen zur Moschee nach Fröttmaning heraus gefahren? Wer hat dort bei Tee und Gebäck Konversation betrieben und sich hinters Licht führen lassen?" „Jetzt hören sie aber mal auf, Frau Oberstaatsanwältin. Das war ein Besuch im Rahmen der Aufklärung des Attentats. Sonst nichts", dem Hauptkommissar ging die Verdächtigung oder auch nur diese Darstellung seiner Arbeit gewaltig gegen den Strich. „Aber, wenn Sie meinen, dass ich nicht geeignet für diese Arbeit bin, gut, dann lassen Sie es. Es gibt noch andere ungeklärte Todesfälle in und um München. Ich bin auf diese Rolle als Alibihansel der Staatskanzlei wahrlich nicht erpicht!" „Schei....! Aber so geht es auch nicht. Sie sind mein bester Mann, aber ich will wissen, wenn Sie sich an Orten aufhalten an denen Vorsicht geboten ist. Wie stehe ich denn da, wenn mir von den Berlinern mitgeteilt wird, wo mein Kommissar ermittelt und ich weiß davon nichts", versuchte die Oberstaatsanwältin Verständnis für ihre Situation beim Kommissar zu erzeugen. „Es gibt nichts zu erklären. Der Besuch hatte nur atmosphärischen Charakter. Ich wollte den Boden bereiten für einen späteren weiteren Besuch. Glauben Sie denn, das die in der Moschee so naiv sind, dass, wenn eine Bombe am Flughafen explodiert, die Behörden nicht an sie denken?" „Ja, natürlich gehen sie davon aus. Aber Sie haben mit ihrer nicht abgesprochenen Aktion dort doch alle Alarmlampen entzündet!" „Was? Weil ich allein mit zwei Mitgliedern vom Vorstand des Moscheevereins gesprochen habe? Das glauben Sie doch nicht im Ernst? Für wie dumm soll ich Sie denn halten? Halte ich Sie nun aber nicht. Die erste Meldung über das Attentat wäre der Zeitpunkt gewesen, sofern sich überhaupt etwas zu dem Anschlag dort finden ließe." „Ach was, ich stehe da wie ein Blödmann, der von Dritten über die Aktivitäten ihrer Leute berichtet werden muss. Das will ich nie wieder haben. Verstanden!" „Ich werde es beachten", erwiderte kurz angebunden der Hauptkommissar. Dann packte ihn die Neugierde: „Dieses Handy. Was ist damit?" „Man hat die Rufnummer und den Speicher untersucht und festgestellt das es sich um das Handy des stellvertretenden Vorsitzenden des Moscheevereins handelte." „Holla, den Herrn Konrad Meyer mit ey? Das ist ja eine tolle Meldung. Und deshalb wird jetzt die Moschee gefilzt? Tolle Arbeit!" „Was soll denn ihr Sarkasmus. Der ist wirklich fehl am Platz. Es ist eine wichtige Spur, die zu einem wirklich verdächtigen Ort führt. Haben Sie denn vergessen, das dort nicht das erste Mal polizeiliche Untersuchungen stattfinden?" „Ist mir bekannt. Auch die Ergebnisse habe ich nicht vergessen." „Das wird sich zeigen!", behielt Oberstaatsanwältin Plattgrill ihren Optimismus bei. „Was gibt es denn zu dem Handy noch zu berichten? War es auf den Namen von Konrad Meyer zugelassen? Hat es einen Vertrag mit einem Anbieter? Wer wurde darauf angerufen?" „Das kann ich Ihnen nicht beantworten. Das können Sie die Kollegen vom Innenministerium, BKA oder sonst wem fragen. Wird sind jetzt auch schon da. Machen Sie mir keine Probleme mehr, Herr Hauptkommissar!" „Ja, gut, versprochen", versprach der Kommissar und schaute aus der Windschutzscheibe dem Treiben auf der Straße zur Moschee entgegen. Hundert Meter vor der Moschee blockierten Polizeiwagen die Straße. Um das Gotteshaus standen Fahrzeuge verschiedener Polizeieinheiten. Das Blaulicht der Einsatzfahrzeuge brach sich auf den blauen Kacheln von Minarett und Moschee und reflektierte dieses zurück. Dadurch entstehen Lichtblitze, eine Lichtinstallation blau in blau. An der innersten Absperrung hielt der Wagen der Oberstaatsanwältin und der Hauptkommissar stieg aus, um sich zu orientieren. Aus ihm nicht bekannten Gründen standen hier sogar einige Reporter und beobachteten das Geschehen. Er ging durch das Tor an Gruppen von zivilen und uniformierten Polizisten und andern Personen ihm nicht bekannter Dienste vorbei. Durch seinen Polizeiausweis, der mehrmals kontrolliert wurde, gelangte er bis vor den Eingang der Moschee. Durch die Tür konnte er erkennen, das überall Menschen nach Unterlagen, Computern und anderen verdächtigen Gegenständen suchten. Südländisch aussehende Kollegen lasen in den ausgestellten Büchern der Bibliothek, welche hauptsächlich in arabischer Sprache verfasst waren. Im Raum begab er sich zur kleinen Küche und bediente sich an aufgestellten Kannen mit Kaffe und Tee. Er fragte sich dabei, wer dies hier den Durchsuchungskommandos hingestellt hatte. Während er den Tee trank, fragte er einen der anwesenden Beamten: „Äh hm, wo befinden sich denn die Mitglieder vom Moscheevorstand?" „Ah, das weiß ich nicht. Aber hier drinnen nicht. Schauens mal in den Wagen auf der Straße." Innerlich gewärmt verließ er die Moschee und begab sich wieder zurück durch das Tor auf die Straße davor. Mehrere große Polizeifahrzeuge und ein Bus standen auf der

Freisinger Straße. „Werden hier die Verdächtigen und die Mitglieder vom Moscheeverein befragt?", sprach er einen zivil gekleideten Beamten vor einem der Wagen an. Dieser nahm noch einen Zug aus seiner Zigarette und blickt ihn dabei an. „Kollege, wen wollen Sie denn sprechen?" „Sprechen? Ich würde gerne den Grund für diesen Aufwand genauer erfahren. Ein Handy, aber mehr weiß ich nicht." „Ein Handy, das stimmt, aber ein besonderes an einem besonderen Ort. Unter den Opfern wurde das Handy gefunden. Durch Untersuchungen wurde der stellvertretende Vorsitzende des Moscheevereins hier als Besitzer fest gemacht." „Soweit bin ich auch schon gekommen. Aber was wurde auf dem Handy besprochen? Welche Nummern angerufen?" „Es wurde in den letzten Wochen wenig damit telefoniert. Aber eine Nummer eines vermutlichen Al Kaida Mitglieds wurde angerufen. Einen Tag vor dem Attentat! Das reicht!" „Das stimmt. Eine Nummer eines Verdächtigen angerufen und ansonsten? Noch andere Verdächtige auf dem Handy?" „Nein, keine, aber warum soll das nicht ausreichen? War bestimmt ein Code-Anruf für die Attentäter!" „Kann ich den Verdächtigen mal sprechen?" „Das kann ich nicht beschließen. Dafür müssen sie den Kollegen Leitmoser fragen. Der ist dort in dem Wagen mit der Befragung beschäftigt." Der Kommissar ging zu dem bezeichneten Wagen und öffnete die Tür. Heraus kam ein Schwall abgestandener, miefig-warmer Luft. In einem ersten Raum saßen drei Männer und zwei Frauen an einem Tisch mit Monitoren und schauten sich die Bilder an. Es zeigte den Verdächtigen Konrad Meyer und einen anderen Mann, der ihn befragte. „Schönen guten Morgen. Ist es erlaubt herein zu kommen?" „Wer sind Sie denn?", kam die Antwort eines der Männer. Die Frage nahm der Kommissar zum Anlass seinen Ausweis herum zu zeigen. Der Frager nickte darauf hin und machte etwas Platz für den neuen Mann. „Was ist das? Wird er gerade verhört?" „Das ist das Verhör, klar, von einem Vorständler der Moschee. Ist eine Aufzeichnung. Derzeit ist Pause. Der kann jetzt beten und etwas essen oder so." „Gäbe es die Möglichkeit den Verdächtigen zu sprechen?" Alle Anwesenden schauten sich an, so als wollte jeder im Auge des anderen eine Antwort auf die Bitte des Kommissar finden. Nach einer Minute sagte der zuvor schon mit dem Kommissar gesprochene: „Also, er hat schon einiges gesagt, das können Sie auch auf dem Band sehen. Worum geht es denn?" „Ich habe die Moschee heute schon besucht und mit ihm gesprochen. Mal schauen, vielleicht ist er ja zu mir Auskunftsbereiter als zu ihnen." „Hm, was sagen die Psychologen?", fragte wiederum der Kollege. „Ein Versuch ist es wert." „Schaden kann es nicht." Bevor noch ein weiterer etwas sagen konnte, hatte der Kommissar die Tür zum

Vernehmungsraum geöffnet und war hinein gegangen. „Guten Morgen, Herr Meyer", sagte er in einem freundlichen Ton sofort nach dem Eintritt. Der Angesprochene nuschelte etwas arabisches vor sich hin. „Wie ich erfahren habe, sind Sie sehr verdächtig an dem Anschlag teilgenommen zu haben, Herr Meyer. Was soll ich davon halten?" „Denken Sie doch was Sie wollen. Ich war´s nicht!" „Das möchte ich Ihnen gerne glauben, tu es wahrscheinlich mehr als meine Kollegen, aber dieses Handy. Was war damit?" „Das war mein altes Handy. Das hatte ich meinem Sohn gegeben, damit wir ihn nach der Schule oder so erreichen können." „Dann haben Sie ihm das Handy geschenkt und die Kosten übernommen?" „Ha, bei dem was die so vertelefonieren? Ich habe ihm so eine Telefonkarte für den Monat bezahlt. Nach 50 Euro war Schluss." „Wie kommt dann das Handy auf den Flughafen?" „Das fragt mich Ihr Kollege schon seit Stunden. Ich weiß es nicht. Mein Sohn hat das Handy vor einem Monat verloren. Er weiß nicht mehr wo. Es war plötzlich weg." „Und das war es dann?" „Ja, ich habe nicht darüber nachgedacht. Ein Handy! In der Goethestraße habe ich ihm ein gebrauchtes gekauft und die Sache war für mich erledigt." „Dann sagen Sie, dass das Handy nicht von Ihnen sondern von einem der Attentäter gestohlen worden ist .... ?" „Oder gefunden ... in einer Disko, auf einem Fest oder sonst wo... Ich weiß es nicht." „Danke für die Auskunft. Die Auskunft reicht mir. Alles Gute." Damit stand der Kommissar auf und verließ das Zimmer. „Das war nicht mehr als auch schon zuvor gehört. Er sagt immer nur dies, Kollege. Trotzdem Danke", sagte eine der Psychologinnen, während der Hauptkommissar mit einem Abschiedsgruß den Wagen verließ. Beim Wagen der Oberstaatsanwältin angekommen, saß diese schon wieder in ihrem Wagen. Als sie den Kommissar sah, ließ sie ein Fenster herunter und fragte ihn: „Herr Hauptkommissar, haben Sie etwas heraus bekommen?" „Nein, nichts wesentliches. Ein Handy und deswegen dieser Aufmarsch. Dieses Attentat und Al Kaida? Das wird mir immer suspekter. Ich glaub dem nicht mehr so richtig", teilte er kurz der Oberstaatsanwältin mit, meinte aber noch mehr sich selbst.´Den vorbeikommenden Journalisten, der plötzlich seinen Kopf in seine Richtung drehte, sah der Kommissar nicht.

11

Ein Skandal

Hauptkommissar Frey war guter Dinge. Er hatte trotz schlechter Vorzeichen gut geschlafen, war ohne große Probleme aus dem Bett gekommen, hatte sich geduscht, gefrühstückt und dann sogar ohne Probleme die U-Bahn zum Arbeitsplatz bekommen. So öffnete er zufrieden und mit etwas mehr Elan als üblich die große Metall-Glastür zum Polizeipräsidium in der Ettstraße. Aber schon die ersten Blicke hätten ihn stutzig machen müssen. Diese Griesgrame, dachte er, nachdem ihm mehrere Kollegen begegnet waren, die ihn mit zerfurchtem Gesichtsausdruck anschauten. Kaum war er aber in sein Arbeitszimmer eingetreten, so kam ihm schon der Ruf entgegen: „Hallo Horst , Du sollst sofort zur Oberstaatsanwältin kommen. Die ist im vierten Stock, beim Vizepräsidenten!" „Wie, was? Warum denn?", fragte er zurück. Eigentlich lag doch nichts an für kurzfristige Treffen. So verließ er umgehend das Zimmer und machte sich auf den Weg zwei Etagen höher. Kaum war er ins Vorzimmer eingetreten, wies ihm die Sekretärin den Weg in das Arbeitszimmer des Vizepräsidenten der Polizei von München. „Einen schönen, guten Morgen, Herr Vizepräsident. Sie wollten mich sprechen?", grüßte er freundlich beim Betreten des Zimmers. Der Vizepräsident und Oberstaatsanwältin Plattgrill standen schneller als er es jemals gesehen hatte. „Na, ob dieser Morgen so schön für Sie sein wird, wage ich zu bezweifeln. Kennen Sie schon die Zeitungen von heute?", fragte Rupprecht. „Nein! Gibt es ein Bekennerschreiben zum Attentat oder ähnliches?" „So kann man das nicht darstellen, was heute in den Zeitungen steht, aber lesen Sie selbst ....." und gab ihm die lokalen Titelseiten vom Merkur und der Tageszeitung, zwei aus dem Münchener Blätterwald. „Polizei zweifelt an Al-Kaida-Täterschaft" las er im Merkur. Während das Boulevardblatt TZ es prägnanter titelte: „Al Kaida: Polizei zweifelt!". Darunter war zu lesen, dass der ermittelnde Hauptkommissar Frey an der Täterschaft von Mitgliedern der Terrororganisation Al Kaida zweifle. Er habe dies gegenüber Oberstaatsanwältin Plattgrill geäußert, wurde weiter die Quelle dieser Nachricht zitiert. „Was ist das denn für ein

Quatsch!", kommentierte der Kommissar den Text. „So was habe ich keinem Reporter gesagt!" „Aber es ist doch keine Phantasiegeburt dieses Reporters. Irgendwo müssen sie es einem Menschen gesagt haben, einem Journalisten oder einem anderen Medienmitarbeiter." „Niemals habe ich so etwas gegenüber einem Reporter gesagt. Nie, Herr Rupprecht!", erwiderte der Hauptkommissar und weiß in welcher Klemme er jetzt durch diesen Artikel steckt. „Also, an der Moschee, nachdem Sie mit dem Verdächtigen Meyer gesprochen hatten, sagten Sie mir so etwas", erinnerte die Oberstaatsanwältin Frey. „Ach, da, als ich bei Ihnen am Wagen stand. Genau, da kann ich so etwas laut gesagt haben. Aber das war doch in der abgesperrten Zone vor der Moschee." „Egal wo Sie so oder ähnliches von sich geben, es ist falsch es überhaupt zu äußern, außerhalb dieser Wände!", erklärte der Vizepräsident. „Ich hätte nicht geringe Lust sie von dem Fall abzuziehen und eine Stelle im Archiv zu geben." „Bei diesem Fall würde ich es auch vorziehen, Herr Vizepräsident", erwiderte der Hauptkommissar, um seinen Unwillen deutlich zu machen. „Vorsicht, Sie spielen mit dem Feuer, Herr Hauptkommissar Frey!", warnte Rupprecht, war jedoch schon weniger erregt als zu Beginn der Unterhaltung. „Was kann ich denn schon tun? Die Herren der Geheimdienste ermitteln und ich darf dabei sitzen und mitschreiben." „Was fehlt Ihnen denn? Ist doch eine interessante Arbeit, den Diensten und höchsten Polizeibehörden bei der Arbeit zuzuschauen", versuchte der hohe Polizist seinem Kommissar die Aufgabe schön zu reden. „Ach was, die kochen auch nur mit Wasser und reden zu viel. Fühlen sich dabei wichtig und das war's. Ich werde doch nur als Alibiperson für diesen Bericht an die Staatskanzlei benutzt. Mehr nicht." „Ich weiß, daß Sie zu den Besten hier im Haus gehören. Und genau deshalb hat Sie die Frau Oberstaatsanwältin für diese wichtige und spezielle Aufgabe eingesetzt. Und diese sollen Sie gut erledigen. Dafür sind sie hier, nicht um irgendwelche Texte zu unterzeichnen." „Gut, dann werde ich mit ihrer Duldung, meine Ermittlungen zum Attentat weiter durchführen. Was aber soll wegen der Artikel geschehen?" „Ja, das habe ich schon mit der Presseabteilung im Hause besprochen. Sie werden in einer Pressemitteilung erklären, dass Sie keine andere Auffassung zu den Hintergründen des Attentats haben, als die, welche auch in Berlin mitgeteilt wird." „Hm", der Kommissar machte ein nachdenkliches Gesicht und durchdachte den Vorschlag. Was war denn schon gewonnen, wenn er jetzt irgend etwas anderes machte als vorgeschlagen. Er brauchte Ruhe um seine Arbeit fortsetzen zu können. Was machte da schon diese Erklärung. Die dürfte in drei Tagen niemanden mehr kümmern. Also stimmte er dem Vorgehen zu. „Sehr gut, dann hätten wir diese Sache zu einer guten Lösung gebracht. Was war denn jetzt wirklich mit Ihrer Äußerung vor der Oberstaatsanwältin?", wollte Rupprecht wissen. „Ach je, dieses Handy, das am Tatort gefunden wurde und dem stellvertretenden Vorsitzenden vom Moscheeverein gehört hat. Deshalb die ganze Aufregung gestern morgen. Welcher Attentäter nimmt sein persönliches Handy mit zum Tatort?" „Sie meinen, dass das Handy dort deponiert wurde um uns auf eine falsche Fährte zu führen." „Genau. Das ist von langer Hand vorbereitet worden. Warum sollten die eigentlichen Attentäter sich nicht das Handy besorgt haben, um uns in die Irre zu führen?", erklärte der Kommissar. „Aber warum denn?" „Das weiß ich auch nicht. Deswegen will ich ja auch gerne weiter ermitteln. Aber nicht vor der Öffentlichkeit in den Zeitungen." „Hm. Das ist aber ....", der Polizeipräsident dachte nach und unterbrach sich deshalb selber. Nach einer Minute kam seine Antwort. „Gut, machen Sie weiter, wohin sie der Weg auch führt. Aber ich will immer auf dem Laufenden gehalten werden! Haben Sie verstanden?" „Ich werde ab jetzt mich immer umschauen bevor ich etwas sage, damit ja kein Schreiberling in Büschen oder hinter Türen lauert", versprach der Kommissar und wusste nicht so recht ob er jetzt jubeln und betrübt sein sollte. Auf dem Weg in sein Büro sprachen die Oberstaatsanwältin und der Kommissar weiter über die nächsten Schritte bei der Überprüfung der Todesumstände der ehemaligen Staatssekretärin von Bogen-Rieth. Eine Stunde später kam ein Bote und brachte dem Kommissar eine Pressemitteilung mit einem Dementi der Zeitungsberichte. Nach einer kleinen Korrektur ließ er den Text zurück in die Presseabteilung des Präsidiums gehen.

12

Nächtliche Begegnung

Entspannung nach einem voll gestopften Arbeitstag, das ist für Hauptkommissar Frey ein genussvolles Mahl in einem mediterranen, vorzugsweise italienischen Restaurant. Auch an diesem Abend ging er mal wieder in sein Stammlokal „Bei Mario" gegenüber der Westseite der Münchener Technischen Universität. Obwohl er seit Jahren regelmäßig dort einkehrte, hatte er es bisher nicht geschafft, in einen Artikel verschiedener Münchener Zeitungen zu gelangen. Aber, bei so viel Glimmer durch Lokalprominenz und Blitzlichtgewitter sitzt der einfache Kunde, wie schon Bertold Brecht dichtete, im Dunkel und man sieht ihn nicht. Entschädigt hierfür wurde er durch ein feines Essen, einen guten Wein und ein Gespräch mit dem Wirt, der tatsächlich auf den Namen Mario hörte. Deutlich in seiner Stimmung durch den Alkohol des Weins gehoben, verließ er das Lokal um über Seitenwege wie der Steinheil-, und Enhuberstraße sowie den Steinickeweg seiner Wohnung beim Josefsplatz entgegen zu streben. In bester Stimmung dachte er weder über den aktuellen Fall noch über seine Kollegen nach. Er erinnerte sich lieber des letzten Sommers und seines Aufenthalts im Ferienhaus von Dr. Ungeheuer in der Toscana. Beim Gehen verglich er in Gedanken den Geschmack der Soßen damals mit den eben genossenen bei Mario. Dabei achtete er wenig auf den Verkehr und noch weniger auf pasasanten. Gerade durchschritt er den dunklen Torbogen vom Steinickeweg zur Heßstraße, als er sich über ein laut anfahrendes Fahrzeug ärgerte. „Können denn diese Autofahrer nicht auf die Anwohner achten?", brummte er vor sich hin. Da er wegen dem Lichtwechsel im Torbogen nicht so gut sehen konnte, bemerkte er nicht den Mann der plötzlich hinter ihm stand. Dem Kommissar fiel erst etwas auf, als ihm von hinten ein Taschentuch vor die Nase gedrückt wurde und gleichzeitig ein Wagen vor ihm zum Stehen kam. Bevor er noch etwas machen konnte, war er von starken Armen in den Wagen hinein gedrängt worden. Dann sah er nichts mehr als Dunkelheit.

Dunkelheit! Nur Dunkelheit! Nichts als Dunkel, ohne jedes Licht! Der Kommissar musste erst nachdenken, um sich zu erinnern, was geschehen war. Der Wagen der hielt, ein Tuch vor seinem Gesicht, dann Dunkelheit – Schlaf. Jetzt lag er auf einer weichen Unterlage in völliger Dunkelheit und Stille. Sei Herz raste. Er hatte Angst. Was würde mit ihm geschehen? Soll er getötet werden? Aber warum? War er jemandem im Weg? Oder war es Rache eines Kriminellen den er mal überführt hatte? Da gäbe es schon den einen oder anderen. Aber warum dann diese Entführung, warum nicht ein Attentat und fertig? Die Zeit verging, ohne sie irgendwie einteilen zu können. Nur die Dunkelheit und die Stille um ihn herum. Er wollte seine Hände bewegen, aber das gelang nicht. Sie waren am Gestell seiner Liege fest gemacht. Er konnte nur sich auf den Rücken oder auf eine Seite legen, das war alles. Da er nichts machen konnte, nicht die Zukunft kannte, dachte er über das Vergangene nach. Über den Fall, den Urlaub bei Ungeheuer, seine Jugend in Münster, und, und, und. Nach langer Wartezeit hörte er Geräusche aus einer Richtung, die vor der Liege sein musste. War dort eine Tür oder ein Fenster? Die Geräusche wurden lauter. Er erkannte Stimmen, zwei Männer die sich unterhielten. Sie sprachen eine Sprache die er nicht verstand. Die Geräusche kamen näher und die beiden Personen blieben in seiner Höhe stehen. Während der eine Lachte machte sich der andere an der Tür zu schaffen. Das Geräusch eines Schlüssels, der im Schloss umgedreht wird, drang an sein Ohr. Er hörte wie die Tür geöffnet wurde, sah jedoch kein Licht. Kalter Schweiß stand ihm auf der Stirn. Konnte er noch etwas sehen? Eigentlich musste er jetzt etwas sehen. Die beiden Fremden wurden ruhig sobald sie die Zelle betraten. Frey hatte der Kopf gehoben und lauschte auf jedes Geräusch der Fremden. „Hallo, Herr Frey?" Wie darauf reagieren? Nicht antworten? Nein, lieber versuchen etwas heraus zu bekommen. „Wer immer Sie auch sind, Sie haben einen Polizisten entführt. Wenn mir etwas passiert, dann werden alle meine Kollegen nach Ihnen suchen! Lassen Sie mich sofort frei!", erwiderte er auf den Ruf des Unbekannten. „Wir wissen wen wir uns da ins Haus geholt haben", kam als Antwort. „Aber keine Bange, Sie werden bald wieder frei sein." „Machen Sie mir die Augenbinde ab. Ich will etwas sehen!", forderte der Hauptkommissar. „Das lassen wir besser bleiben. Herr Hauptkommissar Frey, Sie werden gleich zu einem Herrn geführt, der sich mit Ihnen unterhalten möchte." „Kann das dieser Herr nicht direkt oder per Telefon machen? Muss er mich dazu entführen?", der Kommissar hatte Mut gefasst und wurde selbstbewusster. „Es war leider nicht zu vermeiden. Unser Herr musste diesen Weg nehmen. Es tut ihm auch leid, aber es war nicht anders möglich", sagte nochmals dieselbe Stimme in bestem Deutsch. Dem Kommissar wurden die Handschellen, mit denen er an die Liege gefesselt worden war, geöffnet. Dann halfen ihm die beiden Fremden auf und führten ihn langsam aus dem Raum. „Lassen Sie die Augenbinde in Ruhe. Wenn Sie uns sehen sind Sie tot", drohte der andere der beiden Männer. Von beiden Männern gestützt und begleitet ging Frey langsam aus seinem Gefängnis in andere Räume, Flure und Stockwerke. Der Weg führte auf Treppen über mehrere Stockwerke. Dann wurde eine große Tür geöffnet, deren Angeln ein quietschendes Geräusch von sich gaben. Die nächsten Schritte hallten etwas und es knatschte der Holzboden unter den Füßen, das konnte Frey hören. Dann hielt der kleine Trupp und seine Begleiter begrüßten jemanden in einer fremdem Sprache, die er nicht verstand. Sie wechselten einige Sätze mit der dritten Person, danach gingen sie mit Frey weiter in den Raum hinein. „So, jetzt können Sie sich hinsetzen", erfuhr er nach diesem Prozedere. Frey setzte sich vorsichtig hin. Das Möbel auf dem er saß war nach seiner Vermutung ein Stuhl auf dem jemand ein Kissen gelegt hatte. Nachdem er gerade Platz genommen hatte, sprach der Dritte um Bunde mit seinen „Begleitern" in einer dem Kommissar fremden Sprache, die ihn aber an das Arabische erinnerte. „Herr Hauptkommissar Frey, der ehrenwerte und verehrungswürdige Scheich Ahmed Salman Raschid wünscht Ihnen Allahs Segen." Der Name dieses Scheichs kam dem Hauptkommissar bekannt vor, sehr bekannt sogar. In vielen Artikeln wurde der Name dieses Scheichs genannt. „Ich danke dem Scheich Raschid, würde aber gerne wissen, warum er mich hat entführen lassen?" „Seien Sie nicht so unhöflich", reagierte einer der Entführer auf die Antwort des Kommissars. Ein Wort des Scheichs ließ jedoch den Sprecher sofort verstummen, während sein Kollege dem Scheich die Worte des Kommissars übersetzte. „Der ehrenwerte Scheich Raschid antwortet Ihnen: Es ist nicht meine Absicht gewesen ihnen zu Schaden, aber war ein Treffen mit Ihnen nicht anders möglich. Sie wissen besser als ich die Gründe hierfür." Der Hauptkommissar wusste, das der Scheich als einer der Köpfe der europäischen Al Kaida gezählt wurde. Trotz intensiver Suche war er bisher noch jeder Polizeiaktion entkommen. Ihn schützte ein weites Netz von Helfern und Zuträgern. „Was möchte denn der Scheich mir kleinem Polizisten sagen?", stellte der Hauptkommissar seine nächste Fragen. Hierauf gab es ein längeres Gespräch des Scheichs mit seinen beiden Untergebenen. „Der ehrwürdige Scheich Raschid spricht mit Ihnen, weil Sie an dem Anschlag auf den Flughafen von München arbeiten. Der ehrwürdige Scheich Raschid hat auch Ihre Meinung zum Anschlag und den Hintermännern aus der Zeitung erfahren. Deshalb hat der ehrenwerte Scheich Raschid dieses Gespräch gewünscht." „Möchte sich der ehrenwerte Herr Scheich zum Anschlag bekennen?", warf der Kommissar ein. „Es hätte dieses Gespräch nicht gegeben, wenn dieser Anschlag eine Tat der Kämpfer des islamischen Dschihad gewesen wäre. Der ehrenwerte Scheich Raschid teilt Ihnen, Herr Hauptkommissar Frey, mit, das weder er noch seine Mitstreiter für diesen Anschlag verantwortlich sind." „Warum sagt er dass ausgerechnet mir? Eine Mitteilung im Internet ..." „... wäre nicht so glaubwürdig wie dieses Treffen. Deshalb hat der ehrenwerte Scheich Raschid sich der Gefahr ausgesetzt, sich mit Ihnen zu treffen. Sie haben sich kritisch zur Täterschaft islamischer Organisationen in der Öffentlichkeit geäußert. Sie haben damit die Wahrheit gesagt. Dies möchte der ehrenwerte Scheich Raschid mit seinem persönlichen Treffen ihnen gegenüber unterstreichen." „Danke für die Blumen. Aber, warum sollte ich das glauben? Der Anschlag passt bestens in den Rahmen der Taten Ihrer Mitkämpfer?", insistierte der Hauptkommissar. Nach einem Gespräch zwischen dem Scheich und dem unbekannten Redner antwortete dieser auf die Frage: „Warum sollten wir hier in Deutschland einen solchen Anschlag durchführen? Auch wenn er gegen Zionisten und Unterdrücker des Palästinensischen Volkes gerichtet war, so entspricht er nicht dem Wunsch des ehrenwerten Scheich Raschid und dem Auftrag unserer Organisation. Deutschland ist kein Kampfgebiet für uns." Frey konnte nicht anders als von diesem Treffen mit dem Scheich beeindruckt zu sein, auch wenn es für ihn eine große Belastung war. Einer der meist gesuchten Terrorführer traf sich mit ihm, dem kleinen Hauptkommissar aus München, nur um sich von dem blutigen Attentat am Flughafen zu distanzieren. Aber was wollte er von Ihm? Warum er? „Herr Scheich Raschid, ich möchte wissen was Sie von mir wollen?", ließ der Kommissar den Scheich fragen. „Der ehrenwerte Scheich Raschid hat keine Wünsche oder Forderungen an den Herrn Hauptkommissar Frey. Es war ihm ein wichtiges Anliegen ihnen seine Position persönlich zu erklären. Das war alles." „Dafür bedanke ich mich. Ich weiß jedoch nicht, ob ich es glauben soll." „Das ist nicht notwendig. Es kam dem ehrenwerten Scheich Raschid darauf an, Ihnen, der sich kritisch zu der verbreiteten Meinung geäußert hat seine Meinung kund zu tun." „Kann er mir denn sagen, aus welcher Richtung die Attentäter kamen? Welche Gruppe hinter dem Attentat steckt?" „Nein, das ist nicht möglich. Unsere Informationen sind leider nicht der gestalt, sie über die Attentäter dieses Anschlags unterrichten zu können. Dies bedauert der ehrenwerte Scheich Raschid außerordentlich." „Schade, das hätte mich schon überzeugen können." Ohne jede Vorwarnung wurde dem Hauptkommissar der Kopf fest gehalten und wieder ein Tuch mit einem Betäubungsmittel vor das Gesicht gehalten.

„Herr Frey, wachen Sie doch auf", hörte er eine Stimme durch einen Schleier aus Traum und Schlaf hindurch. Er saß mit einer geöffneten Flasche Rotwein neben sich auf einer Stufe im Treppenhaus zu seiner Wohnung. Jeder der ihn so sah, musste denken, dass er dem Wein so sehr zugesprochen hatte, dass ihn der Schlaf zu später Stunde übermannt hatte. Vorsichtig und mit wackeligen Knien stand er auf und schlich langsam die Treppe hinauf, das Schlafmittel wirkte noch. In seiner Wohnung angekommen warf er seine Jacke auf den Tisch, zog sich Hose und Hemd aus und ließ sich auf sein Bett fallen. Wenige Sekunden später schlief er tief und fest.

13

Privatvergnügen

„Sehr geehrter Herr Hauptkommissar. Das muss ja ganz schlimm für Sie gewesen sein, letzte Nacht, diese Entführung! Wie geht es Ihnen denn jetzt?" Frey war sehr verwundert über den besorgten Ton in der Stimme von Oberstaatsanwältin Plattgrill. So ein Tonfall hatte sie gegenüber ihm noch nie angeschlagen. Selbst damals, als ihn ein Verbrecher bei einer Schießerei am Arm verwundet hatte, kamen Begriffe aus dem Vokabular eines Männlichkeitskults über ihre Lippen: Mensch Frey, uns bringt doch nichts um! Einem Mann wie Ihnen wird so eine kleine Wunde doch nichts an haben! Eine deutsche Eiche fällt nicht so leicht! Jetzt aber war die Stimme Plattgrills mit einem von Besorgnis triefenden Unterton versehen. Frey empfand deshalb diesen Umgang mit Ihm von vornherein verdächtig. „Was will sie von mir?", fragte er sich und wartete gespannt den weiteren Verlauf des Gespräches ab. „Konnten Sie denn nach Ihrer Befreiung schlafen, sich ausruhen?" „Ich wurde nicht befreit, Frau Oberstaatsanwältin, sondern von den Entführern entlassen, ähm laufen gelassen", korrigierte Frey. „Ja, ja, aber wie haben Sie sich danach gefühlt?" „Müde. Ich war einfach nur müde. Ich habe erst mal geschlafen. Erst danach konnte ich die Kollegen informieren." „Ja, schlimm. Ich habe schon mit Ihren Kollegen gesprochen. Alles wird getan um diese Terroristen zu finden. Die werden sich nicht verstecken können", die Stimme der Oberstaatsanwältin hatte eine Schärfe erhalten, die sie nur zu gern bei Gerichtsprozessen einsetzte, um sich als scharfe Gesetzeshüterin darzustellen. „Das erwarte ich auch von den Kollegen, würde ich auch machen wenn ..." „Aber mit einem Psychologen gesprochen, das haben Sie bisher nicht?" „Nein, mit einem Psychologen? Nein. Wenn ich die Augen schließe, dann habe ich immer das Gefühl wieder in dem Entführungswagen zu sein", stellte er seine Situation klar. „Aha, sie brauchen somit Abstand von der Arbeit und eine Beratung durch einen Polizeipsychologen. Deshalb sind Sie, Frey, von der Arbeit am Bericht entbunden. Ihre Kollegen Klein und Lieberwirth reichen für den Bericht vollkommen aus, sind ja durch ihre Schule gegangen." „Ja, aber ....!" „Nichts da, kein aber. Sie brauchen nach dieser Entführung Urlaub. Das ist klar. Falsches Heldentum brauchen wir hier nicht. Sie haben eine Wochen Urlaub! Klar?" „Ich würde aber viel lieber jetzt ......" „Nein Herr Hauptkommissar. Sie werden sich jetzt eine Wochen entspannen und von der Entführung erholen. Ist das klar?!!", lässt Plattgrill keinen Widerspruch zu. „Und wenn Sie wieder da sind, dann gibt es bestimmt einen schönen kleinen Mord, an dem Sie ihre wahren Qualitäten zeigen können. Stimmt´s? So machen wir das." „Hm, na gut, wenn Sie meinen", pflichtete Hauptkommissar Frey bei, ohne der Oberstaatsanwältin von seiner ihm gerade gekommenen Idee für diese freien Tage zu erzählen. „Sie erhalten mit der Post die schriftliche Bestätigung für diesen Genesungsurlaub. Schöne Tage, gute Entspannung und gesund werden, Frey", verabschiedete ihn die Oberstaatsanwältin. „Warum?", diese Frage ging dem Kommissar durch den Kopf. „Warum dieser Urlaub unter dem Vorwand der Entführung? Wollte da jemand ihn nicht mehr an die Sache heran lassen?" „Ah, der Entführte und Wiedergekommene, alles Gesund?", begrüßte ihn Lieberwirth beim Betreten des Büros. „Grüß Gott, wie geht´s", schloss sich Klein an. „Ach, lasst mich in Ruhe. Ich bin aufs Abstellgleis geschoben worden. Ihr dürft den Fall weiter bearbeiten", entgegnete er seinen Kollegen. „Ja, ähm, wir wissen das schon, die Plattgrill war schon da und hat uns ihre Entscheidung erklärt", informierte Lieberwirth den Kommissar. „Nun, wir wissen ja, dass Du an dieser Sache keinen großen Gefallen hattest. Warum denn jetzt so schlecht drauf?" „Weil sie mich nicht gefragt hat. Einfach ab und hop", erregte sich Frey. „Lass doch gut sein. Was willst Du denn. Wir schreiben denen ihr Papierchen hin und das war's dann. Wenn Du wieder kommst, nehmen wir uns einen richtigen Fall vor, als diesen Bericht über das Attentat", versuchte Oberkommissar Klein den Kollegen Frey zu versöhnen. „War ich ihr vielleicht zu kritisch? Ihr bester Mann, ach was, ein Problem war ich doch in dieser Sache. Und dann die Zeitungsartikel. Genau, das ist es. Ich soll aus der Schusslinie. Die will mich aus der Reichweite der Redakteure haben, um wieder in Ruhe agiere zu können", gab sich der Kommissar selbst eine Bestätigung für seine Vermutung. „Was soll denn das? Du wirst von diesen Terroristen entführt und willst jetzt unbedingt weiter arbeiten. Das ist überhaupt nicht gut, das weißt Du genau. Mach es Dir doch nicht schlimmer als es schon ist. Freu´ Dich der freien Tage und genieße sie", empfahl Lieberwirth seinem Kollegen. „Hm, ich bin hier wohl nicht mehr erwünscht? Dann geh ich eben", grummelte der Hauptkommissar vor sich hin. Nachdem er einige Sachen aus dem Schreibtisch genommen hatte, verließ er mit einem gequält freundlichen Gruß das Büro. „Denk an uns, wie wir hier an den Schreibtischen knechten müssen", rief ihm Klein freundlich beim Türschließen hinterher.

„Was mache ich jetzt?", fragte sich der Kommissar während er ziellos durch die Kaufinger Straße ging und folgte dieselbe Richtung Stachus. Was er jetzt konkret machen sollte, war ihm noch nicht klar geworden. In Höhe einer alten Bierausschankstätte blieb er stehen, schaute nach links zum Eingang, grübelte kurz und betrat dann das Lokal. Die warmwabernde, von Nikotin durchsetzte Luft beachtete er nicht. Er ging in den hinteren Bereich, weit weg von den Tischen mit Touristen, einer Truppe Japaner auf Bayernsuche, setzte sich, bestellte ein Glas Rotwein und einen Teller Spätzle mit Salat. Während er auf das Essen wartete nahm er sich seine Aufzeichnungen über den Fall vor und schaute sie sich in aller Ruhe an. Wenig später kam schon sein Essen, das er konzentriert aß und den Wein dazu genoss. Nachdem er den letzten Bissen auf hatte, stand sein Entschluss er. Er zahlte, verließ das

Lokal und ging in die Niederlassung der Lufthansa am Lenbachplatz, neben der Börse.

Berlin! Wie lange war er hier nicht mehr gewesen. Gut, für Weiterbildungsmaßnahmen war er in der Stadt gewesen, für drei Tage mit langen Anfahrten per ICE von München. Mit einem Flieger jenes Unternehmens mit dem Vogel am Leitwerk erreichte er an diesem Tag das Flughafengebäude Tegel über eine Gangway. Durch einen langen Gang, unter dessen Decke eine Metallkonstrukt die darüber liegenden Fenster mit Kunst verbarg und an dessen Seitenwänden allerlei Geschäfte ihre Angebote feil boten, erreichte er den Taxistand. Die Bundeshauptstadt lag im gleißenden Licht der untergehenden Sonne. Mit dem Taxi ließ er sich in die Innenstadt fahren. Die Straßen waren frei und der Verkehr für diese Nachmittagsstunde nicht allzu stark. Vorbei an Fassaden gutbürgerlicher Gründerzeithäuser, Geschäftshäusern aus den 50er und 60er Jahren und architektonischen Vergewaltigungen aus jüngerer Zeit, kam er in das ehemalign Zentrum von Westberlin. Nahe beim Bahnhof Zoo und der Mensa der Freien Universität Berlin stieg er in einer Pension ab, dessen ruhige und zugleich zentrale Lage er schon in früheren Jahren bei Besuchen und Seminarterminen geschätzt hatte. Die Distanz zu München und den Erlebnissen der letzten Nacht sorgte dafür, dass sich über seine Erinnerungen an diese Stunden Bilder von Erlebnissen aus seinen früheren Berlinbesuchen legten. Seinen spontanen Entschluss, diesen Abstecher in die Spreemetropole zu unternehmen, fand für ihn damit eine äußerst positive Bestätigung. Ob sich dies auch für die nächsten Stunden und den morgigen Tag halten würde, konnte er nicht abschätzen. Nachdem er sich in seinem Zimmer eingerichtet hatte, nahm er vom Bahnhof Zoo eine S-Bahn in Richtung Friedrichstraße. In den letzten roten Strahlen der Sonne leuchtete die Glaskuppel auf dem Reichstagsgebäude. Auch die weißen Wände des Kanzleramtes ließen die Sonnenstrahlen reflektieren. Er erinnerte sich an so manche Fahrt mit einer S-Bahn, Ewigkeiten war das her, als diese Gleise zwischen Mauern, Zäunen und gefährlich, frisch geharkten Feldern hindurch in die andere Hälfte der Stadt führte. Davon konnte er beim besten Willen und trotz intensiven Nachdenkens nichts mehr erkennen. Fast hätte er dafür die Station Friedrichstraße verpasst.

Ohne groß zu überlegen ging er diese ehemalige Vergnügungsmeile der DDR (für Nachgeborene: Deutsche Demokratische Republik, der ehemalige Staat in Ostdeutschland) entlang und bog am Künstlerzentrum „Tacheles", einer Ruine aus dem II.Weltkrieg, in die Oranienburger Straße ab. Von starken Strahlern beleuchtet glänzten die große und die beiden kleinen Kuppeln der ehemaligen Synagoge ihm entgegen. Im jüdischen Restaurant des Kulturzentrums ließ er sich ein umfassendes Essen mit Zutaten wie aus „1000 und einer Nacht" schmecken. Später schlenderte er zufrieden und gut gesättigt, wohl schon zu gut, wie er ob seiner Fülle im Bauchbereich bemerkte, durch die Hackischen Höfe und an den Läden in den S-Bahn-Bögen vorbei. Irgendwann nahm er eine Bahn zurück zum Bahnhof Zoo und legte sich sofort in sein Bett, die letzte Nacht forderte jetzt ihren Tribut.

Ein vorwitziger Sonnenstrahl weckte ihn am anderen Morgen nach einem tiefen, traumlosen Schlaf. Selbst war er von diesem Umstand überrascht, hatte ihn doch die Befürchtung um getrieben, die Erinnerungen an die Entführung Nacht für Nacht immer wieder in Träumen erleben zu müssen. Nach dem Frühstück steckte er einige Notizen ein und fuhr erneut mit der S-Bahn, diesmal bis zum Alexanderplatz. Beim Verlassen des umgebauten und renovierten Gebäudes musste er sich durch Baustellen und über aufgerissenen Straßenbeläge in Richtung Fernsehturm schlängeln. Am Roten Rathaus konnte er schon aus der Entfernung sein Ziel sehen. Dies war ihm seit den ersten Besuchen in der damaligen „Hauptstadt der DDR" bekannt. Drinnen war er jedoch noch nie gewesen, erst recht nicht nach der Wende, als nostalgischer Rückblick, denn große Umbauarbeiten hatten das Aussehen völlig verändert. Er wusste um die Bedeutung dieses Hotels, einem hässlichen Kasten in optisch besser aufgemachter Plattenbauweise zu Zeiten von Honecker und Co. An der Straße „Unter den Linden", hinter dem Französischen Dom gelegen, bot das Hotel schon damals seinen Gästen eine gute Gelegenheit, die Reste des preußisch-kaiserlichen Berlin näher zu betrachten. Heute interessierte ihn dies überhaupt nicht, zumal das Hotel einen anderen Namen trug und Innen wie Außen sein Aussehen verändert hatte. Wie Herr Uhde im Gespräch Ihm mitgeteilt hatte, kam er nach dem Betreten des „Radisson" in eine riesige Empfangshalle, die über alle Stockwerke hinweg ein wetterfestes Zentrum bildete. Besonders Eindrucksvoll in diesem riesigen offenen Raum war für den Kommissar ein großer, blauer Behälter unter dem er eine Bar mit Tresen und Hockern erkannte. Ein zweiter Blick zeigte ihm, das dieser architektonische Höhepunkt und Blickfang ein Aquarium war, in dessen Wasser unzählige Fische sich tummelten. Nachdem er dies realisiert hatte, schaute er sich nach einem Hinweis auf die Hotelrezeption um. Er hoffte, das sein Ausweis von der Münchener Polizei die Zunge des Hotelmitarbeiters an der Rezeption lösen würde, ohne auf die kollegiale Unterstützung der Berliner angewiesen zu sein. Beim Warten an der Rezeption durfte er einem Gast bei der Abreise zuschauen und bewunderte dabei die unendliche Nervenstärke eines Hotelmitarbeiters, anschließend konnte er seinen Wunsch diesem vortragen. „Guten Morgen. Ich habe Sie gerade bewundert. Haben Sie häufig solch besondere Kunden? Mir wären mindesten, ach was, mehrfach, die Nerven durch gegangen. So was ist nichts für mich." „Danke für die Blumen. Mit den Jahren bekommt man ein gutes Gespür für Menschen. Sonst wäre das auch nicht die richtige Arbeitsstelle für mich. Aber womit kann ich Ihnen helfen?" „Ja, mein Name ist Frey, Hautkommissar Frey, hier mein Dienstausweis", bei diesen Worten zeigte er die Karte mit seinem Foto in der oberen linken Ecke vor. Sein Gegenüber nahm die Karte in die Hand und las sich die Daten durch. „Polizeidirektion München? Und dann hier in Berlin? Sind wir denn schon bayerisch geworden? Geht das denn so einfach?" „Nun, das geht schon, sofern ich meine kleine Untersuchung nicht an die große und offizielle Glocke hänge. Ich möchte nur eine kleine Auskunft zu einem Gast, der am vergangenen Samstag hier gewesen ist." „Hm, das ist eine verzwickte Sache. Sie dürfen hier doch eigentlich nicht ermitteln?" „Wie ich schon sagte, sofern ich die Sache nicht an die große Glocke hänge liegt es an Ihnen mir die wenigen Auskünfte zu geben." „Und was wenn nicht?" „Nahja, erpressen möchte ich Sie nicht. Aber wenn es offiziell wird, dann müsste ich bei meinen Kollegen ein offizielles Ersuchen stellen, die kommen dann mit mehreren Polizisten hier herein und stellen für mich die Fragen." „Worum handelt es sich denn?" „Ich möchte wissen, ob am letzten Samstag Herr Uhde aus München, Firma Uhde und Co, hier im Hotel war? Er ist am Sonntag, so seine Angaben, wieder abgereist." „Gut, ich schau mal", kam die Antwort über den Tresen. Der Hotelmitarbeiter schaute auf den Bildschirm eines Computers neben sich und gab Daten ein. „Wie wird Ude geschrieben?" „U H D E, Uhde." „Ja, hier habe ich etwas. Kam am Samstag morgen um 9.30 Uhr an. Ging sofort auf sein Zimmer, 657, erinnere mich noch. Ist am Sonntag um 9.00 Uhr abgereist." „Sonntag, 9.00 Uhr." „Hat er jemanden hier im Hotel getroffen?" „Getroffen?" „Ja, zu Gesprächen? Am Samstag." „Hm, warten Sie mal." Das Gesicht legte sich in Falten, als Zeichen intensiveren Nachdenkens. Nach einiger Zeit, der Kommissar hatte sich in der Eingangshalle umgeschaut und sich eine Meinung zu der protzigen Architektur gebildet, informierte ihn der Hotelmitarbeiter. „Ja, stimmt, er hatte ein Treffen mit zwei Herren, Geschäftsleute von ihrem Äußeren aus einzuschätzen. Europäisches Aussehen, nordeuropäisch." „Und, wie lange ging das Gespräch?" „Oh, das ist schwer zu sagen. Ich hatte sie auch nicht immer im Blick, sie sehen ja selbst die Größe der Anlage. Aber über Mittag muss es gewesen sein. Sie haben auch etwas gegessen, ließen es sich aus dem Restaurant kommen." „Haben Sie mitbekommen, ob Herr Uhde Anrufe erhielt?" „Nicht bewusst, er hatte wohl sein Handy abgeschaltet, wegen dem Gespräch mit den Geschäftsleuten." „Ah, ja", der Kommissar notierte sich die Aussage. „Kein Anruf bekommen." „Halt, jetzt entsinne ich mich besser, genau, er hatte es auch den beiden Geschäftspartnern gesagt. Er hat einen Anruf von einem Mitarbeiter oder Geschäftspartner erhalten. Genau. Das war aber der einzige Anruf." „Danke für diese Informationen. Sie haben mir sehr geholfen. Damit wären meine Fragen geklärt", sagte der Kommissar und wollte sich verabschieden. „Ja, bitte schön. Wenn ich aber so nachdenke, je mehr Sie mich gefragt haben, um so besser erinnere ich mich an diese Gruppe, die dort hinten saß", der Mann wies zu einer Gruppe Sessel. „Da ist mir gerade eingefallen, dass der Herr Uhde kurz nach dem Anruf mal weg gegangen ist. Genau, er hat für einige Zeit das Haus sogar verlassen." „Wie lange denn? Ich meine, das dürfte doch seine Gesprächspartner überrascht haben." „Stimmt, aber er muss es wohl als wichtig dargestellt haben. Er ist dann durch diese Tür zur Tiefgarage gegangen", dabei zeigte der Portier auf eine Tür. „Wie, zur Tiefgarage? Warum denn das?" „Dort hatte er doch seinen Mietwagen stehen." „Was? Einen Mietwagen? Für einen Kurzbesuch in Berlin? Dafür kann man doch auch ein Taxi oder die S-Bahn nehmen?" „Dazu kann ich Ihnen nichts sagen. Aber es gibt Gäste die das so machen. Irgend welche Bonusgeschenke für Vielflieger oder so." „Wissen Sie von welchem Mietwagenverleiher er den Wagen hatte?" „Nein, das kann ich Ihnen beim besten Willen nicht sagen. Fragen Sie am Besten beim Flughafen nach." „Das werde ich machen. Und nochmals herzlichen Dank für die Informationen. Sie haben mir sehr geholfen." „Bitte schön", antwortete verbindlich der Hotelmitarbeiter hinter seinem Tresen. Mit leicht federndem Schritt verließ Hauptkommissar Frey das Hotel.

14

Spurensuche

Warum hatte Uhde das Gespräch mit seinen Geschäftspartnern unterbrochen? Was hatte er gemacht? Und von welchem Unternehmen hatte er den Mietwagen? Fragen, die Kommissar Frey beim Verlassen des Hotels durch den Kopf gingen. Vor dem Gebäude überquerte er die breite Straße, die hier nach dem Linken Karl Liebknecht benannt war. Beim Gedanken an das Luxushotel und den politischen Inhalten dieses Herrn musste Frey schmunzeln. Was derselbe zu dieser Konstellation wohl gesagt haben würde, könnte er sich noch äußern? Der Kommissar hielt sich aber auch vor Augen, dass ein südlicher Stadtbezirk der Hauptstadt eine sehr belebte Einkaufsstraße aufwies, die nach einer noch größeren Ikone der Linken benannt ist: Karl Marx. Nachdem er das Standbild desselben und seines Gönners besucht und noch einen Blick in die kanalartig eingezwängte Spree geworfen hatte, stand sein Entschluss fest und er machte sich auf die Suche nach dem Mietwagen. Da er sich eine Tageskarte am morgen besorgt hatte, nutzte er auch für die Fahrt zum Flughafen Tegel die Öffentlichen Verkehrsmittel. Die Tresen aller sechs Mietwagenanbieter befanden sich in der bei der Ankunft am Vortag schon zur genüge betrachteten Konsummeile im Flughafen. Weder beim ersten Versuch am Stand mit viel grün im Firmenlogo noch bei dem Vermieter, der lieber in Schwarz daher kommt, wurde er fündig. Seiner Bitte wurde von leitenden Mitarbeitern beider Anbieter nach einer kurzen Unterredung entsprochen. Etwas enttäuscht, aber mit dem Willen, diese Ermittlung zu einem Ende zu führen, betrat er das Büro des Vermieters, dessen Name nach öffentlichem Haushalt und leerem Portemonnaie klingt. „Sehr geehrte Damen, guten Tag. Mein Name ist Frey und ich hoffe, das Sie auch so freundlich sind, mich in meinen Ermittlungen zu unterstützen", sprach er eine von drei jungen Frauen hinter dem Tresen des Verleihers an. „Womit kann ich Ihnen helfen? Ermittlungen, was meinen sie damit?" „Ich bin Hauptkommissar bei der Polizei und möchte eine Information über die Vermietung eines Wagens." „Oh, Polizei? Das kann ich nicht entscheiden, ich rufe den Manager", antwortete sie und ging durch eine Tür in ein angrenzendes Büro. Der Hauptkommissar wartete gespannt auf das

Kommende. Nach ca. einer Minute wurde die Tür geöffnet und ein Mann kam mit der Mitarbeiterin zurück. „Guten Tag. Sie sind der Polizist, der Fragen wegen einer Autovermietung hat?" „Ja, mein Name ist Hauptkommissar Frey. Können Sie mir dabei behilflich sein?" „Kommen Sie mit in mein Büro", kam eine Antwort und der Mann drehte sich um und ging zurück in das Büro. „So, setzen Sie sich, hier haben wir Ruhe für Ihr Anliegen", erklärte der Mann. Einer kleinen Tafel auf dem Schreibtisch konnte Frey den Namen entnehmen, Jupp Tepperies. „Danke, dass Sie sich Zeit für mich nehmen. Ich würde gerne wissen, ob ein Herr Uhde, mit H, am letzten Samstag bei Ihnen einen Wagen geliehen hat?" „Am letzten Samstag?", Frey nickte. „Mal schauen", sagte Tepperies und tippte etwas in seinen Computer. „Hm, was ist denn hier? Ja, Samstag, hier. Gut, wie hieß der Mieter?" „Uhde mit H", antwortete der Kommissar. „Ah, also U H D E?" „Ja, genau." „Hm, hm, hm, ja, da ist was!" Etwas lauter als zuvor kam die Erfolgsmeldung aus dem Munde des Mitarbeiters. „Und? Was ist dort?" „Ja, ein Herr Uhde mit H aus München hat einen Mercedes A1 gemietet. Hat den Wagen gegen 9.30 Uhr abgeholt." „Das ist gut und wie lange hatte er den Wagen?" „Nach diesen Unterlagen bis Sonntag gegen Mittag." „Also bis zum Rückflug, die ganze Zeit?" „Das ist richtig." „Und wie viel hat es an Sprit verbraucht?", der Kommissar musste sich zurück halten um nicht zu drängend nachzufragen. „Nun, es sind gerade mal 21 Kilometer gefahren worden, in die Stadt, dort etwas herum und wieder zurück. Das war es dann wohl." „Das ist alles? Nur 21 Kilometer?" „Ja, alles, am Sonntag zurück und Feierabend." „Gut, dann ist wohl alles in Ordnung mit den Angaben. Danke für Ihre Unterstützung", bedankte sich der Kommissar und verließ das Büro. Etwas enttäuscht war er schon, das musste er sich selbst sagen. Sein Jagdinstinkt war in die Irre geführt worden. Etwas unentschlossen stand er am Tresen des Wagenvermieters und schaute dem Treiben zwischen den Geschäften und Läden im Flughafen zu. „Herr Frey?", rief ihn plötzlich eine Stimme von hinten an. „Ja", der Kommissar drehte sich um und sah den Geschäftsführer Tepperies in der Tür zu seinem Büro stehen. „Kommen Sie doch noch einmal herein. Mir ist da etwas aufgefallen." „Ja, sofort", der Kommissar stand schon im Büro. „Ich habe hier etwas im Computer gefunden. Am Samstag hat der Wagen, den der Herr Uhde gemietet hatte, einen Strafzettel erhalten. Ein Knöllchen." „Oh, haben Sie das vielleicht hier?", der Kommissar wusste nicht was er mit so einem Fund anfangen sollte. „Ich werde im Ordner für den Wagen nach schauen, dort müsste eine Durchschrift liegen", erklärte Tepperies und verließ das Büro. Nach drei Minuten kam er zurück und blätterte im Ordner herum. Ja, hier ist das Schreiben." Frey nahm das Papier entgegen. Es war ein Strafzettel für Falschparken an einer Straße. Die Uhrzeit macht ihn stutzig: 12.25 Uhr war als Zeitpunkt des Ausdrucks angegeben. Frey dachte angestrengt nach. Der Strafzettel war in der Zeit der Gesprächsunterbrechung Uhdes ausgedruckt worden. „Kann ich davon eine Kopie bekommen?" „Das ist kein Problem, hier ist schon eine Kopie für Sie", erfüllte Tepperies den Wunsch des Kommissars. „Belassen Sie dieses Original bitte im Ordner. Vielleicht brauchen wir es noch." „Das geschieht selbstverständlich, denn er ist wichtig für unsere Buchhaltung und den Regress gegenüber dem Kunden." „Eine Bitte, fordern Sie die Begleichung nicht in den nächsten Tagen ein. Warten Sie noch etwas, der Anspruch verfällt ja nicht so schnell." „Das kann ich machen. Ich hoffe das es Ihnen hilft." „Das kann schon sein. Danke und noch einen schönen Tag", verabschiedete sich der Kommissar. Kaum aus dem Büro ging er zum nächsten Buchladen und kaufte sich einen Stadtplan von Berlin.

15

Ortsbegehung

„Das muss es sein, ja hier bin ich richtig", grummelte Kommissar Frey leise vor sich hin. Dabei schaute er abwechselnd auf die Kopie vom Knöllchen und den neu erworbenen Stadtplan von Berlin. Er stand im Bereich einer Art Kreuzung aus Weydingerstraße, Kleiner Alexander Straße und einer weiteren Seitenstraße am Rosa-Luxemburg-Platz. Diese Stelle hinter der Volksbühne hatte ein etwas wildes Aussehen mit Glas- und Papiercontainern, typischen Berliner Fußwegen und den üblichen breiten Straßen. Der Kommissar drehte sich langsam um seine eigene Achse um die Örtlichkeit auf sich wirken zu lassen. So ging er immer vor, wenn er sich an einem fremden Tatort orientierte. Der Hinterhofcharakter dieser Straßenecke war deutlich, auch wenn es solche in Berlin des öfteren gab. Gegenüber riefen schwarze Schriftzüge auf tief rotem Tuch zu allerlei revolutionärem Tun auf. Hierdurch hob sich die Deutschlandzentrale der Linkspartei, früher und ohne westdeutsche Verstärkung noch unter dem Namen PDS bekannt und insbesondere von konservativen Politikern und Journalisten mit den Hinweis „Nachfolgepartei der SED" versehen, von der umgebenden Bebauung ab. Wollte Uhde dort hin, zu den Sozialisten? Wohl kaum, beantwortete Frey sich die Frage selbst. Die Rückseite der Volksbühne bot auch keine große Erleuchtung in dieser Frage. Ein Kino kam Frey ins Blickfeld. Ein konspiratives Treffen bei einem Kinofilm, jeder bessere Spionagefilm bot seinem Publikum eine solche Filmszene. Aber auch in diesem Fall kamen ihm Zweifel. Ein Blick in den Schaukasten ließ diese Möglichkeit nicht zu, der erste Film begann erst um 14.30Uhr. Deshalb schaute er sich die Namen auf den Klingeln der Wohnhäuser neben dem Kinogebäude an. Keiner weckte in seinem Gedächtnis irgendeine Regung. Trotzdem notierte er sich die Namen auf einem Blatt Papier, das er aus seinem Portemonnaie nahm. Die Namen mit der Adresse könnte man durch den Computer laufen lassen, so seine Überlegung. Er war ratlos, was soll man hier nur machen? Wo hatte der Wagen konkret gestanden, damit er einen Strafzettel erhielt? Vor einem Hydranten vielleicht? Ihm war nicht klar, ob es dafür eine Strafe gab, wie in den USA. Vor den Müllcontainern vielleicht? Nein! Aber, ja, das könnte es sein! Auf der Rückseite der Volksbühne befanden sich Ladebühnen für die Anlieferung von Ausstattungsgegenständen. Die Halteverbotsschilder auf dem Fußweg wiesen Autofahrer auf die Gefahr einer Geldstrafe hin. Er hatte die Weydingerstraße überquert und diese Stelle hinter der Volksbühne erreicht. Auch hier schaute er sich die Situation an, ohne so richtig zu wissen, was er suchen sollte. Plötzlich, er wollte den Ort ohne Ergebnis schon verlassen, viel ihm ein Grund ins Auge. Aber er war auch nicht so deutlich sichtbar wie er noch vor 10 Jahren gewesen war, ein öffentliches Telefon. Eine metallene Säule, ohne große Ergänzung gegen Wind und Wetter, stand auf dem Fußweg und wartete auf Nutzer. Das könnte es gewesen sein, so seine spontane Überlegung, ein öffentliches Telefon um, ohne damit in Verbindung gebracht zu werden, irgend jemanden anzurufen. Wie die sprichwörtlichen Schuppen fiel ihm jetzt ein Grund für Uhdes kurzen Ausflug in die Stadt ein. Der Zeitraum seiner Abwesenheit im Hotel könnte passen. Mit dem Wagen hier vorfahren, ein Telefonat führen und wieder zurück zum Hotel wäre in der Zeit gut machbar. Frey schaute sich das neumodische Produkt der Telekom genauer an. Auf einer Tafel in Augenhöhe gab es allerlei Hinweise für die Nutzung zu lesen. Daneben aber, das war für den Kommissar wesentlich wichtiger, auch eine Standortangabe und eine entsprechende Nummer für das Telefon. Diese Angaben notierte er sich auf dem Zettel mit den Anwohnernamen.

„Hier Sahle", meldete sich Tarek Sahle am anderen Ende der Leitung, das, wie der Kommissar wusste, in Düsseldorf lag. „Hier ist Frey, Horst Frey", antwortete der Hauptkommissar und grüßte seinen Kollegen aus Münsteraner Tagen. „Das ist aber eine Überraschung. Wo steckst Du? Wie geht es dem Fall, die Medien sind ja voll davon?" „Nicht alles auf einmal, Tarek. Ich bin nicht in München und noch weniger beim Fall. Äh, nein, irgendwie doch schon, aber nicht offiziell." „Was soll das denn? Bist Du oder bist Du nicht?" „Du bist nicht weiter unterrichtet worden?" „Nein, bin ich nicht. Warum?" „Ich wurde entführt von irgendwelchen Typen die damit etwas zu tun haben sollen. Nein, das stimmt auch nicht, sie wollen damit nichts zu tun haben." „Was. Entführt? Warum denn? Wer will nichts zu tun haben?" „Ach je, das ist eine längere Geschichte. Zumindest haben meine Entführer mich zu einem hohen Mitglied aus einer Al-Kaida nahen Gruppe gebracht. Nannten Ihn nur Imam. Der sagte mir, das sie nichts mit dem Attentat zu tun hätten. Auch nicht andere Gruppen aus deren Spektrum." „Oh, das ist interessant. Die distanzieren sich von so einem Großereignis? Das ist bemerkenswert." „Das ist das Merkwürdige, das mir zu denken gibt", meinte der Kommissar. „Hört sich ja immer verworrener an. Eine Auftragstat durch Libanesische Söldner? Hm, na ja, vieles ist möglich. Aber für wen?" „Lassen wird das mal. Ich hätte eine Bitte an Dich?" „Wenn es der Aufklärung dient, dann lass mal hören." „Kannst Du heraus finden wer zu einem bestimmten Zeitpunkt von einem öffentlichen Fernsprecher angerufen wurde?" „Da müsste ich mich erkundigen. Mal schauen ob die große Telekom das macht. Aber, ich werde es versuchen. Von wo und wann soll das Telefonat denn geführt worden sein?" „Also, der Zeitpunkt war am vergangenen Samstag in der Zeit von 12.00 bis 13.00 Uhr. Zur Telefonzelle, nein, Telefon, es ist keine Zelle nur so eine neumodische Stele zum Anrufen, steht an der Weydinstraße, hinter der Volksbühne", erklärte der Kommissar und gab Sahle auch Standort und Standortnummer durch. Sahle schrieb sich alles auf und sagte dann: „Ruf mich morgen Vormittag mal an, vielleicht weiß ich dann schon etwas mehr." „Danke, das werde ich machen. Einen schönen Abend und viel Erfolg beim Suchen", verabschiedete sich Frey und legte auf. „Was mach ich hier eigentlich?", fragte sich Frey, während er den Hörer auf die Telefongabel in seinem Zimmer legte. So richtig wollte er sich diese Frage nicht beantworten. Ihm wurde richtig schwindlig, wenn er den Gedanken weiter fortführte. Deshalb lenkte er sich mit Überlegungen nach einem geeigneten Ziel für den Abend ab.

Für den anstehenden Abend kam ihm die Idee, einen alten Kumpel aus vielen Besuchen in Berlin anzurufen, Gerd Wichert. Dieser war zum Glück kein Polizist und als Kunstfreund weniger an weltlichen Abgründen interessiert, sondern zog es mehr in die luftig-geistigen Gefilde nationaler und internationaler Künstler. Mit ihm zog Frey den Abend über durch einige alte Studenten- und Szenekneipen in Kreuzberg und neuere Kulturtreffs am Prenzlauer Berg. Als er einiges nach Mitternacht zurück in die Pension kam, schlief er schnell, tief und bis weit in den folgenden Tag durch. Sein Frühstück entwickelte sich am anderen Tag zu einer Art Brunch von ca. 11.00 Uhr an bis in den Nachmittag belagerte er den Speiseraum und genoss ausgiebig was die Küche her gab. Erst danach erlangte er die mentale Fähigkeit einen Anruf bei Tarek Sahle vorzunehmen. „Hallo Tarek, guten Tag, hast Du etwas für mich?" „Oh, der Herr Hauptkommissar und Terroristenjäger von eigenen Gnaden. Mich wundert Dein später Anruf. Früher hättest Du doch schon kurz nach Arbeitsbeginn angerufen und alle Kollegen wild gemacht." „Lass das, ich habe Urlaub und kann ruhig etwas entspannen." „He, was? Entspannen? War wohl eher, wenn ich Deine Stimme richtig interpretiere, eine lange Nacht, die Dich erst jetzt ans Telefon lässt." „Ach, lass mich damit in Ruhe!" „Aber, aber, nicht so unfreundlich zum Boten guter Nachrichten", beschwichtigte Sahle seinen alten Bekannten. „Ja, du hast etwas heraus gefunden? Das ist ja toll. Was kannst Du mir denn sagen? War die Telekom denn so auskunftsfreudig?" „Nun, der Anschlag in München steckt auch denen in den Knochen. Da brauchte ich dann nicht mehr so deutlich die Sicherheitskarte ausspielen. Was ich an Informationen bekommen habe ist aber, auch, wenn es nur wenig ist, sehr interessant." „Bitte keine Folter! Sag schon was ist!" „Also folgendes, von dem Telefon wurden zwei Telefonate in der von Dir angegebenen Zeit, von 12.00 bis 13.00 Uhr, gemacht. Eines ging an eine Nummer in Berlin, eine private Adresse ohne Bedeutung. Das dürfte es nicht gewesen sein. Lag auch 15 Minuten vor dem zweiten Telefonat und war deshalb nicht von Deiner Zielperson." „Ja, und? Wohin ging der Zweite Anruf", Frey hing am Hörer und lauschte ganz gebannt auf jedes von Sahles Worte. „Ja, der Zweite Anruf, der hat es in sich. Das dürfte der von Uhde gewesen sein. Der hat, wie Du vermutet hast, wohl von dem Apparat telefoniert. Eine Nummer in Ägypten wurde angewählt, genauer in Kairo. Es handelt sich um die Nummer eines Im- und Export-Unternehmens in Kairo. Ich gebe Dir die Daten", Frey notierte sich Telefonnummer und Firmenname auf einen Zettel. „Sagt Dir oder Deinen Kollegen diese Firma etwas?", fragte Frey. „Nein, ich habe schon nachgefragt. Im Computer gibt es auch nichts."

„Dann wäre es interessant zu wissen, ob zum entsprechenden Zeitpunkt Telefonate unter dieser Nummer zu einem verdächtigen Empfänger gingen", meinte Frey. „Daran habe ich auch schon gedacht. Aber bisher bin ich nicht weiter gekommen. Aber, Horst, das ist schwierig und wohl am ehesten über die Amis zu erreichen." „Das kann ich vergessen, ich kenne keinen aus dem US-Geheimdienst", sagte der Kommissar mit deutlicher Enttäuschung in der Stimme. „Warum diese Trauer? Habe schon darüber nachgedacht und einen Kollegen hier angerufen. Den lernte ich während einer Schulung in Washington kennen. Kann Dir nichts versprechen, aber wenn, dann schafft es nur der John. John Carpenter heißt er richtig." „Du bist ein Wahnsinnskerl, Tarek. Ganz großen Dank!" „Nah, noch nicht so schnell. Ich hab noch etwas gemacht. Du weißt, das mein Bruder durch sein Handelsunternehmen viel mit den Ländern im Nahen Osten zu tun hat. Der hält sich ja monatelang dort auf, reist da von Land zu Land. Dem habe ich eine Mail auf seine interne, private Adresse gesandt, soll sich mal um hören." Der Hauptkommissar war sichtlich erfreut von dieser weitreichenden Unterstützung seiner Arbeit. „Ganz herzlichen Dank! Wir müssen uns nach dieser Sache unbedingt mal wieder treffen. Ich werde morgen zurück nach München fliegen. Dort kann ich mehr machen als hier in Berlin. Ganz großen Dank Tarek." „Ich nehme Dich beim Wort, wir werden uns treffen. Alles Gute und viel Erfolg", wünschte Sahle und legte den Hörer auf. Der Kommissar blieb mit einem nachdenklichen Gesichtsausdruck auf seinem Bett sitzen. Wenn das wahr ist, dann …… darüber wollte er einfach nicht nachdenken.

16

Telefonkontakte

München lag unter einem trüben Himmel. Tief hängende Wolken ließen nicht nur die Sonnestrahlen nicht durch, sondern auch die Stimmung der Menschen sinken. Mit diesen Bedingungen mussten auch Reisende, welche die Landeshauptstadt per Flugzeug erreichten, vorlieb nehmen. Erst kurz vor der Landung konnten die Reisenden aus dem Fenster etwas vom Flughafen und dem Umland erkennen. Während des Fluges war es schöner gewesen, der Kapitän hatte seine Maschine über die Wolken gesetzt und bei strahlender Sonne den Weg nach Süden genommen. Dies gefiel auch Hauptkommissar Frey, obwohl er, nach seinen Ermittlungen in Berlin, ohnehin bester Stimmung war. Vom Flughafen nahm er die S-Bahn bis zum Marienplatz. An der Frauenkirche vorbei kommend, beobachtete er eine Touristengruppe die mit gesenkten Köpfen im Kreis um etwas herum stand. Ein Stadtführer berichtete etwas und die Hände der Reisenden gingen vor ihnen hin und her. Dem Kommissar war der Grund seit einigen Monaten bekannt, ein Model der Münchener Innenstadt für Blinde. Kleine Häuschen und Kirchen hinterließen einen Eindruck von der Gestalt der Altstadt Münchens, wie aus einem Flugzeug. Besonders Kinder waren von dem Modell begeistert, wie der Hauptkommissar in seinen Mittagspausen immer wieder beobachtete.

Am Modell vorbei ging er zur Löwengrube und seinem Büro. Eigentlich war er ja im Urlaub und sollte sich von der Entführung entspannen. Dies interessierte ihn aber herzlich wenig. Er war sehr gespannt auf die Ergebnisse von Tarek Sahle. Wie immer in entscheidenden Phasen einer Ermittlung war er elektrisiert von diesem Fall und besonders dieser neuen Entwicklung. Jedoch machte er sich auch Gedanken über die Folgen einer Bestätigung seiner Vermutungen. Bevor er diesem Hirngespinst in seinen Überlegungen zu viel Raum ließ, wollte er unbedingt Tareks Wissen erfahren. Am Eingang zum Polizeipräsidium grüßte ihn der Pförtner mit einem verwunderten Gesichtsausdruck. Noch mehr Überraschung drückten die Reaktionen von Klein und Lieberwirth bei seinem Eintritt ins Büro aus. „Ja, Chef, was wollen Sie denn hier?", rief Lieberwirth und stelle seine Kaffeetasse schnell ab. Selbiges versuchte Klein mit seiner Semmel, diese rutschte ihm aber über die Tischkante zu Boden und so entfiel der ebenfalls fällige Ausruf zur Begrüßung sondern versackte unter seinem Schreibtisch. "Was treibt Sie denn ins Büro zurück. Warum genießen Sie nicht ihren Urlaub?" "Dany, was wohl? Natürlich unser Fall, dieser Bericht an die Staatsregierung." "Dafür sind Sie doch gar nicht mehr zuständig!" "Was soll´s, dann habe ich mir einen eigenen Auftrag gegeben. Und Ihr könnt davon profitieren", gab Frey zu bedenken. "Was haben sie denn neues heraus gefunden, Chef?", beteiligte sich jetzt Klein an dem Gespräch. "Oh, das war hoch interessant in Berlin!", erwiderte Frey. "Sie waren in Berlin? Das ist ja toll, da würde ich auch mal hin wollen", bemerkte Lieberwirth. "Und, warum fahren Sie nicht hin?", antwortete Frey. "Etwas anderes, Chef", wechselte Lieberwirth das Thema, da ihm keine Antwort einfiel, "warum waren Sie denn dort?" "Ach, ich musste mal wieder hin. Zudem wollte ich Abstand von München, dem Fall und der Entführung bekommen." "Oh, oh, oh. Wenn da nicht noch etwas anderes gewesen wäre. Nicht war. Sekunde!" Lieberwirth raschelte in den Unterlagen zum Fall herum. "Ja, hier ist es, der Uhde, der Kompagnon von der Gräfin, war doch zum Zeitpunkt des Anschlags in Berlin. Wenn ich da nicht Gras wachsen höre?" "Gut, gut, das war auch ein kleiner Grund für den Flug nach Berlin." "Ja, und? Hat es was gebracht?" "Das neue Jüdische Museum sieht bei Nacht noch toller aus als am Tage. Ganz toll angestrahlt ist es." "Wen interessiert denn das? Oder das Aussehen des Reichstagsgebäudes, das wollen wir doch gar nicht wissen", beschwerte sich Klein. "Ach, Du meinst, ob ich etwas zum Fall gefunden habe?" "Ja, Himmel die Berge, jetzt begreift dieser Mann was wir wollen!!", beantwortete Lieberwirth mit einer theatralischen Geste – er hatte mal in einer Laienspielschar der KLJB mitgemacht – die Reaktion Freys. "Gut, dann will ich Euch folgendes Berichten. Eigentlich hatte ich gehofft, zuvor etwas von meinem alten Kollegen Sahle zu erfahren. Aber gut ...", bevor er weiter sprechen konnte klingelte das Telefon auf dem Schreibtisch von Lieberwirth. Dieser griff mit einem bedauernden Gesichtsausdruck zum Hörer und sagte "Ja?". Stille im Büro, alle schauten den Oberkommissar an. Dieser hörte nur die Stimme im Hörer, nickte kurz und sagte erneut: "Ja." Und kurze Zeit später: "Der ist hier, ich geb´ ihn Ihnen", und reichte den Hörer an den Hauptkommissar weiter. "Ja, hier Frey? ... Ach, Tarek, Du bist es", die Freude über den Anruf stand dem Kommissar deutlich ins Gesicht geschrieben. Er griff zu einem Schreiber und gab Lieberwirth ein Zeichen das Aufzeichnungsgerät für das Telefon einzuschalten. "Wie ich mir denken kann, erwartest Du seit Stunden meinen Anruf. Aber es ging leider nicht schneller. Nee, umgekehrt, ich bin diesmal schneller als ich es jemals gewesen bin", meldete sich Tarek Sahle am anderen Leitungsende. „Macht nichts, ich bin geflogen um schneller wieder in München zu sein. Was hast Du heraus gefunden?" „Nachdem ich mehrere Bekannte in Ägypten angerufen hatte und ich von einem zum anderen empfohlen wurde, hatte ich dann doch jemanden der mir helfen konnte. Das wird mich bei meinen nächsten Besuch in Kairo einen Abend mit ihm kosten..." „Ich zahle auch etwas dazu.", fiel ihm der Hauptkommissar ins Wort. „Das wird meine Verarmung auch nicht mehr aufhalten können. Aber jetzt zu dem was er heraus bekommen hat. Ein Neffe vom ihm ist bei der Telefongesellschaft, die in Kairo tätig ist . Also von der Nummer die ihr mir gegeben habt ist kurze Zeit nach dem Anruf aus Berlin wieder telefoniert worden, mit einer Nummer in Beirut." „Hilfe, wo kommen wir denn sonst noch hin? Berlin, Kairo, Beirut ...", rief Frey aus. „Wart´ es ab. Die Nummer ist die eines Händlers, dessen Namen Dir nichts sagen wird. Sein Bruder ist jedoch ein hohes Tier in der Hamas. In der Vergangenheit hat es wohl schon mehrfach verdächtige Anrufe auf seinem Telefon gegeben. Der Name ist auch den Amerikanern bekannt." „Dann stimmt das also mit dem Anschlag durch arabisch-moslemische Terroristen auf dem Flughafen?" „Das könnte man so denken. Aber der Ausgangspunkt ist doch der Anruf aus Berlin", bemerkte Sahle. „Es ist auch kein Problem für unsern Verdächtigen das abzustreiten. Er hat nur einen Kollegen in Kairo angerufen. Wohin dieser telefonierte ist nicht seine Sache. Also kein Bezug!" „Du hast recht. Aber was machen wir jetzt mit dem Telefon und seinem Besitzer in Beirut?", dachte Frey an die weiteren Schritte. „Ja, das möchtest Du jetzt wissen?" „Lass das, mich auf die Folter zu spannen!", beschwerte sich Frey. „Nun, wofür hat man Brüder. Mein Bruder Siad ist doch groß im Im- und Export aus dem Nahen Osten aktiv. Er kennt viele der Händler in Beirut, auch unsern." „Ach so, Bruderhilfe für die Polizei. Wie schön!", witzelte der Hauptkommissar. „Sag so etwas nicht zu sarkastisch in einem arabischen Land, das wäre nicht sehr gut für Dich. Aber folgendes: mein Bruder wird versuchen heraus zu finden was weiter gelaufen ist. Aber das kann noch etwas dauern." „Das ist doch toll. Wenn es so stimmt wie Du es hier erzählst, das wäre eine Bombe. Ganz großen Dank für diese Informationen." „Bitte, bitte. Warten wir aber erst mal ab was dabei heraus kommt." „Gut, dann üben wir uns in Geduld. Wie geht es Dir ansonsten?", lenkte Frey das Gespräch ins persönliche. „Wenn der Stress nicht so wäre, ganz gut. Aber wir sollten uns mal wirklich treffen, nach diesem Fall." „Schau doch einfach in München vorbei. Ich zeige Dir die Stadt und Du kannst Dich entspannen." „Das ist ein Wort. Wegen dem Termin melde ich mich noch." „Aber nicht vergessen, Tarek!", mahnte Frey und legte den Hörer auf. Die beiden Oberkommissare schauten ihren Chef an und konnten sich ein Lächeln nicht verkneifen. „Der alte Fuchsschädel hat mal wieder was geschafft, woran andere gescheitert wären", lobte Lieberwirth. „Dany, lobe unsern Chef nicht zu sehr, sonst hebt er noch ab", warnte sein Kollege. „Genau, Dany, ich fahre nach Beirut, hol mir diesen Händler und nehm´ gleich einen fliegenden Teppich mit, hier fürs Büro", ergänzte Frey den Spaß. Alle drei Kommissare lachten über diese Idee.

17

Schreibarbeit

Die Kommissare Klein und Lieberwirth saßen zusammen im Zimmer des Hauptkommissars zusammen und berieten die Entwicklungen der letzten Tage. „Was sollen wir jetzt bloß in den Bericht für das Innenministerium schreiben?", stellte Lieberwirth die entscheidende Frage. „Schöne Frage! Nächste Frage?", erwiderte ungerührt sein Kollege Klein. „Wie sollen wir einen Sachverhalt formulieren, den niemand wissen will? Von den Vertretern der höheren Dienste wird das niemals veröffentlicht." „Niemals!", gab Klein eine Art von Antwort. „Genau! Jetzt hast Du es verstanden. Selbst wenn wir es in den Bericht schreiben würden, im Innenministerium würde es sofort gestrichen", sah sich Klein bestätigt. „Was soll dann dieser Stress? Lasst uns doch mal ruhig überlegen was zu tun ist?", mischte sich Frey in den Streit seiner Mitarbeiter ein. „Ganz einfach! Wir vergessen was wir ermittelt haben und schreiben einfach das zusammen, was die „Terminal-F-Kommission" erklärte", schlug Lieberwirth vor. „Schön einfach. Dazu schreiben wir die Biographie von der Frau Dr. Gräfin von der Internetseite ihrer Firma ab und ein paar freundliche Sätze zu ihrem Ableben hinzu. Schwups haben wir einen Bricht an das Innenministerium", ergänzte Klein. „Damit hätten wir alle zufrieden gestellt und wir unsere Ruhe. Aber ist das auch unser Anspruch an diese Arbeit? An unsere Arbeit!", fragte der Hauptkommissar. „Wen interessiert denn das noch?", wollte Lieberwirth wissen. „Wer hatte denn keine Lust auf diesen Auftrag, Chef?" „Hast ja recht, ich wollte lieber einen richtigen Mord als dieses Massaker. Aber man kann doch seine Meinung auch mal ändern ...", machte Frey seine Bauchschmerzen deutlich. „Ich habe einen Vorschlag", meldete sich Klein. „Lass hören", wünschte Frey. „Wir schreiben diesen Bericht für die Oberstaatsanwältin in der Form, wie Dany es vorgeschlagen hat. Ein feines Schreiberchen, ohne große Problemberatung. Aber, liebe Leute, wir legen noch einen internen Bericht dazu in dem wir unsere Ermittlungsergebnisse aufführen. Nur für den Innenminister!" Beide Kollegen schauten den Oberkommissar an und grübelten über den Vorschlag. „Das wäre eine Möglichkeit. Damit könnte ich leben und auch noch in Zu-

kunft in den Spiegel schauen", bewertete Frey die Idee. „Wenn´s dem Büro-
frieden förderlich ist mache ich mit", gab auch der Dritte in der Runde seine
Zustimmung. In den folgenden Stunden wurden fleißig Texte formuliert,
kopiert, umformuliert und erneut überarbeitet. Besonders heiß diskutier-
te die Runde, in welcher Form und wie kritisch die Geschäftsbeziehungen
der Firma „Uhde & Co" in bestimmte nahöstliche Ländern bewertet werden
sollte. „Nichts böses über eine Tote", legte man als Maßstab fest und ging
mit dem Hinweis auf die positiven Wirkungen der Tätigkeit der Frau von Bogen-Rieth für die bayerische Wirtschaft über mögliche Kritikpunkte hinweg.
Nachdem auch noch eine lesbare Kurzfassung des 24 Seiten Bericht gefunden war, lehnten sich die drei Kommissar zufrieden zurück und sahen einem
ruhigen Abend entgegen. „Wohin gehen wir noch?", stellte Lieberwirth die
übliche Frage nach der Lösung eines Falls. „Beim letzten Mal war es ein Ita-
liener, weil der Dany da unbedingt hin wollte! Jetzt kann ich entscheiden
wo es hin geht", erklärte Klein und schlug etwas lokalpatriotisch die Fränki-
sche Weinstube in der Residenz vor. „Gut, da hat der Bayer mal wieder den
Ausschlag gegeben. Waren ja auch seit 3 Monaten nicht mehr dort", kommentierte Frey den Beschluss und ärgerte sich etwas, das es in dieser Met-
ropole der kulinarischen Genüsse keine echt münsterländische Küche, oder
zumindest eine westfälische Küche gab. „Gut, dass Sie sich darin so einig
sind, dann werden Sie mich auch nicht lange bei sich dulden müssen, meine
Herren", drang die Stimme von Oberstaatsanwältin Plattgrill in das Zimmer.
Alle drei Kommissar schauten überrascht zur Tür und wunderten sich über
ihr Eintreffen zu dieser Stunde. „Ja, sie sehen richtig, ich bin es wirklich." „Das
ist schön, dann kann ich Ihnen unseren Bericht in einer ersten Ausfertigung
überreichen", reagierte Frey auf die Anwesenheit der Oberstaatsanwältin.
„Danke für Ihr Angebot, ich werde es gerne entgegennehmen. Aber ich bin
nicht deswegen hier erschienen. Ich habe eine andere Mission zu erledigen.
Meine Herren, Sie werden mir und meinen Mitarbeitern alle Unterlagen zu
diesem Fall und alle Ihre Ermittlungsergebnisse überlassen. Dazu gehören
auch Daten und Berichte auf ihren Rechnern. Alles wird abgeliefert und ge-
löscht", erklärte Plattgrill. „Ja, äh, aber warum? Sie haben doch unsern Bericht, da steht dann alles drin", will Frey widersprechen. „Nein, der Bericht ist
nicht genug, Herr Hauptkommissar. Ich benötige alle Unterlagen. Auch das
was Sie da in Berlin ermittelt haben, in Ihrem Urlaub! Einfach alles. Meine
Herren walten Sie ihres Amtes", wendete sich die Rednerin an drei Männer
die bisher vor der Tür im Flur standen. „Machen Sie bitte die Schreibtische
frei und lassen sie diese Mitarbeiter des Innenministeriums ihre Arbeit tun",

wünschte die Oberstaatsanwältin. „Leute, kommt mit, ich geb´ einen in der Kantine aus", sagte Frey und verließ das Büro. „Das ist eine Sauerei, uns aus dem eigenen Büro zu werfen und unsere Schreibtische zu durchsuchen", beschwerte sich Lieberwirth bei seinem Chef. Zusammen stapften sie durch das Treppenhaus zur Kantine. „Weißt Du jetzt warum ich diesen Bericht nicht wollte. Dem Innenministerium sind unsere Ergebnisse zu gefährlich", kommentierte Klein den Vorgang. In der Kantine angelangt bestellte Frey für jeden eine Flasche Bier und begab sich zu einem Tisch am Fenster. „So, dann lasst uns anstoßen auf die beste Abteilung in diesem Haus", erklärte er mit Wut in der Stimme. „Genau, die beste Abteilung, die sogar Dinge heraus bekommt, die selbst Geheimdienste nicht erfahren!", stimmte Lieberwirth lautstark zu und ließ das stabile Bierglas gegen die der beiden anderen Kommissare klingen. Verwundert schaute das Kantinenpersonal und die wenigen Kollegen zu den drei Kommissaren herüber. Das würde ein langer Abend werden war sich Hauptkommissar Frey sicher.

18

Vier-Augen-Gespräch

Es war ein „einfacher" Mord für die Abteilung von Hauptkommissar Frey. Auch Klein und Lieberwirth bestätigten diese Einschätzung ihres Chefs. Die Leiche war nur schlecht versteckt am Ufer der Isar bei Grünwald. Beim ersten Hochwasser der Schneeschmelze war sie heraus gewaschen worden und an einem starken Ast hängen geblieben. Die Bergung des Mordopfers aus dieser Lage war spektakulär und wurde deshalb von den Medien aufgegriffen. Ein Hubschrauber ließ einen Mann am Stahlseil herab, der die Leiche in ein Netz packte und dieses dann zum Hubschrauber hoch zog. Vom gegenüber liegenden Hochufer konnten Kamerateams diese Bergung bestens filmen und am Abend in allen Nachrichten senden. Die Aufklärung war dann ein leichtes Spiel. Die Fingerabdrücke des Opfers fanden sich im Computer. Eine Drogenkontrolle hatte hierzu geführt. Von dort aus war es dann lediglich Routinearbeit für die drei Kommissare. Als Mörder wurde schon nach einem Tag ein Freund des Opfers ausgemacht, der wegen Schulden diesen unter Druck setzen wollte und dabei zu stark zugelangt hatte. „Für den Bericht über den Mord können wir einfach aus anderen Fällen Texte kopieren und an wesentlichen Unterschiedlichkeiten den Text abändern oder ergänzen", schlug Lieberwirth vor. „Lass das bloß nicht den Chef oder die Oberstaatsanwältin hören! Die machen Dich zu einer oberbayerischen Semmel mit Beilage", warnte Klein. „Stimmt, wir schreiben es wie üblich", beschloss Frey. Während die Kommissare mit der weiteren Formulierung der Abschlussakte zum Mord beschäftigt waren, wurde die Tür geöffnet und Kommissaranwärterin Seline Büscher kam herein. „Oh, welch ein Sonnenstrahl in dieser dunklen Bude", konnte Lieberwirth seinen Mund nicht halten. „Ruhe!", rief Frey und wandte sich an die Kollegin: „Was gibt es, Kollegin Büscher?" „Unten am Eingang steht ein Mann und möchte Sie sprechen?", informierte diese den Hauptkommissar. „Und, warum kommt der Mann nicht hier herauf?", möchte Frey wissen. „Nun, ja, er ist ein Araber, da waren die Kollegen am Eingang wohl etwas vorsichtig." „Aha, also ein vermutlicher Terrorist? Wie heißt er denn?" „Er hat zwei Namen genannt, einen moslemischen und einen eher deutschen Namen. Der eine ist Siad Sahle." „WAS! Siad Sahle. Aber sofort herauf mit dem Mann! Das ist eine sehr gute Nachricht.", rief der Hauptkommissar und griff zum Telefon. Der verwundert schauenden Kommissaranwärterin sagte er dann: „Danke für diese gute Information, Seline. Sie können sich wieder zu ihrem Arbeitsplatz begeben." Die Person, die nach zwei Minuten das Büro betrat, hätte für ein westlich-christliches Auge auch auf ein Polizeiplakat zu islamistischen Terroristen stehen können. Neben einem modischen Anzug trug er ein Hemd mit einem hohen Kragen, sowie, zu den krausen, kurzen schwarzen Haaren, einen dunklen, etwas dünnen, kurzen Vollbart und auf dem Kopf ein rundes, besticktes Etwas, das der Hauptkommissar schon auf Fotos aus arabischen Ländern gesehen hatte. „Guten Tag, ich suche den Hauptkommissar Frey", erklärte der Eintretende. „Herr Siad Sahle? Der Gesuchte bin ich", antwortete Frey. Die beiden Oberkommissare ließen ihre Arbeit ruhen und schauten gespannt dem Gespräch entgegen. „Ich komme auf Wunsch meines Bruders Tarek. Kann ich Sie unter vier Augen sprechen?", redete er weiter in akzentfreiem deutsch. In einer ersten Reaktion wollte der Hauptkommissar diesem Ansinnen widersprechen. Er wusste, das ein Eingehen auf diesen Wunsch anschließend Diskussionen mit seinen beiden Kommissaren ergeben würde. Er besann sich aber der möglichen Brisanz der Informationen von Tareks Bruder und entschied sich für ein Eingehen auf diesen Wunsch. „Ja, gut, gehen wir in ein anders Zimmer, dort können Sie mir alles genau erzählen." Er führte seinen Gast in ein leer stehendes Büro. „Leider haben wir hier kein Besucherzimmer. Und den Verhörraum wollte ich Sie auch nicht mit nehmen. Entschuldigen Sie die Unordnung hier ...", und räumte dabei Papiere von einem Stuhl, den er an den Schreibtisch stelle. Auch auf dem Tisch musste er erst einmal für Ordnung sorgen bevor er sich an ihm nieder ließ. Als er gerade mit dem Gespräch beginnen wollte, öffnete sich die Tür und Oberkommissar Klein kam mit einem Tablett herein. Erst nachdem dieser zwei Tassen, eine Kanne Kaffee sowie einige Plätzchen auf einem Teller abgestellt hatte, konnte Frey mit dem Gespräch beginnen. „So, jetzt haben wir Platz, zu trinken und Zeit für das Gespräch. Danke, das Sie gekommen sind." „Bitte schön, aber der Wunsch meines Bruders ist mir wichtig." „Hat Ihnen Tarek gesagt worum es mir geht?" „Ja, er hat mir Namen und Orte genannt und den Hintergrund. Ich bin soweit gut informiert und habe auch Informationen für Sie, Herr Kommissar." „Wenn er Ihnen Namen genannt hat, dann sind Sie besser informiert als ich. Mir hat er diese nicht gesagt." „Das war auch nicht nötig, denn Sie erfahren jetzt einiges von mir. Sie haben doch einen Kuli und Papier da?" Der Kommissar legte einen Notizblock und seinen Kuli daneben. „Der Name des Händlers in Beirut, der aus Kairo aus angerufen wurde lautet Mahmud Himmat. Er handelt mit vielen verschiedenen Produkten. Ich habe auch schon bei ihm gekauft. Die Familie Himmat ist groß und im ganzen vorderen Orient mit Handelsstationen präsent. Mit mehreren hatte ich schon Geschäfte gemacht", erzählte Siad. „Und wie steht diese Familie mit dem Attentat in Beziehung?" „Jede Familie hat Sonne und Schatten. Das ist auch in der Familie Himmat so. Der Vater von Ahmut Himmat hatte sich vor Jahrzehnten mit seinem Bruder zerstritten, das ging bis aufs Messer. Der Bruder, das heißt der Onkel, trennte sich und machte seine eigenen Dinge. So verkaufte er Waffen an die Hagana, diese Terrortruppe der Zionisten in Palästina. Ein Gottesfrevel!" „So, und was hat das mit dem anderen Himmat, dem Händler zu tun?" „Die Kinder der beiden, zumindest der Mahmud und der Sohn vom Yussef, der auch Yussef heißt, vertrugen sich und machten auch Geschäfte miteinander. Dabei hatte Yussef gute Kontakte zur Hamas und zu anderen Freischärlern im Libanon. Der Mahmud wollte damit nichts zu tun haben, gab jedoch Informationen an ihn weiter. So war das auch mit dem Anruf an dem Samstag aus Kairo. Der Mahmud erhielt den Anruf, wohl ein Codewort oder so etwas. Dann sorgte er für eine Nachricht an eine kleine Gruppe mit Namen Freiheitsbrigade Palästina." „Schön, jetzt sind wir mitten drin im nahöstlichen Terror. Wie lief das jetzt aber mit dem Anschlag in München?" „Dazu komme ich noch. Ich habe diese Informationen nur erhalten, weil ich mich dort sehr gut auskenne. Ich habe viele geschäftliche und persönliche Kontakte. So hat mir der Sicherheitschef von Beirut, ein Christ, diese Information gegeben, bei einem opulenten Abendessen vor drei Tagen." „Ich weiß nicht, wie ich mich bei Ihnen bedanken kann ...", erwiderte Frey und lächelte freundlich. „Also, aus dem Geschäft von Mahmud Himmat wurde telefoniert zu einer Nummer in Berlin. Ein Bruder vom Yussef Himmat, Raschid Himmat, hat dort ein Geschäft für Importartikel." „Oh, da kann ich ja mal die Kollegen in Berlin drauf ansetzen", bemerkte der Kommissar. „Keine Chance, das haben schon andere versucht. Mir wurde aber gesagt, das auch hier nichts gemacht wurde, sondern dieser nur das Codewort weiter gab an seinen jüngsten Bruder Salman." „Salman Himmat? Muss man ihn kennen?" „Wird wohl so sein müssen. Dieser hat um sich eine Gruppe von Islamisten aus dem europäischen Raum, wohl aus Frankreich, zusammen geschart. Dürften so ca. 10 Leute sein. Er selbst ist aber kein radikaler Islamist,. sondern mehr ein Geschäftemacher." „Und mit diesen hat er den Anschlag auf das Flugzeug durchgeführt?" „Ja!

Da er perfekt deutsch spricht und sich vor Jahren schon in München aufgehalten hatte, konnte er ohne aufzufallen den Flughafen erkunden. Zudem steht in jedem dieser Flugplanheftchen Uhrzeit und Ort der Ankunft der Flugzeuge aus Israel." „Dann hätten wir die Drahtzieher dieser brutalen Tat. Aber den Grund dafür haben wir noch nicht." „Dazu haben ich unter meinen Geschäftspartnern herum gefragt. In Gesprächen ist natürlich dieser Anschlag am Flughafen ein großes Thema. Also hatte ich gute Möglichkeiten den Hintergrund zu erfragen." „Und, was wird gemunkelt?", Frey stand unter „Strom", jetzt, so kurz vor der Auflösung des Falls, der ihm von seinen Chefs abgenommen worden war. Aber die alte Kriminalerseele forderte jetzt ihren Tribut, das endgültige Ergebnis der Ermittlungen. „Es ging um die Zukunft des Geschäfts! Die Firma Uhde & Co hatte bisher sowohl in arabische Länder wie auch nach Israel geliefert. Das machte die Israelische Regierung sehr nachdenklich, führte aber auch immer wieder zu Diskussionen mit arabischen Staatsmännern." „Gut und schön, aber deshalb ein Massaker am Flughafen?" „Also, es hat wohl zwischen der Frau von Bogen-Rieth und Uhde heftigste Diskussionen gegeben. Vor einem halben Jahr waren beide beim stellvertretenden Verteidigungsminister von Saudi Arabien, der Name tut hier nichts zur Sache, aber selbst dort waren sie aneinander geraten. Die Gräfin wollte die Beziehungen zu Israel aufrecht erhalten, Uhde sah das größere Geschäft im arabischen Raum." „Und was führte zum großen Krach?" „Eine Drohung aus dem Iran. Aber das alles habe ich nur mündlich von Geschäftspartnern. Sie verstehen?" „Ja, leider nicht vor Gericht zu verwerten!", grummelte Frey. „Was war das für eine Drohung?" „Den Iranern war bekannt, das die Frau Gräfin von Bogen-Rieth einen großen Auftrag mit den Israelis abschließen sollte. Gegen den Wunsch von Uhde! Wenn dieser Auftrag aus Israel angenommen würde, so der Iran, dann storniere das Land alle laufenden Geschäfte und werde keine neuen mehr eingehen. Es ging um mehr als nur einige Millionen. Milliarden standen plötzlich auf dem Spiel." „Und wie ging es weiter?" „Uhde und von Bogen-Rieth einigten sich auf ein bestimmtes Vorgehen bezüglich Israel. Uhde hatte seine Kritik zurück genommen und sich – offiziell – mit ihr versöhnt. Gleichzeitig hatte er aber mit einem langjährigen Freund aus Ägypten besprochen, seine Partnerin aus dem Verkehr zu ziehen. Der Ägypter sagte ihm zu, sich darum zu kümmern. Nach einigem Überlegen sah er in der Reise nach Israel einen guten Ansatz für den Mord an der Gräfin." „Oh ja, ich verstehe. Aber warum nicht in Israel? Ein Attentat in Tel Aviv mit einem palästinensischen Selbstmörder?" „Das wäre zu auffällig gewesen. Zudem sind die Israelis viel zu scharf bei der Sicherheit, um den Attentätern die Sicherheit zu geben, das es klappt." „Ich verstehe!" „Gut, also kam der Ägypter auf die Idee mit dem Attentat in München. Über die Himmats besorgte er die Informationen, die Attentäter und sogar noch einen Märtyrer. Uhde hatte abgesprochen, das sich von Bogen-Rieth kurz vor ihrem Abflug aus Israel melden sollte, wegen der Beruhigung der anderen Geschäftspartner." „Das war der Anruf auf dem Handy der von Bogen-Rieth. Ihr eigenes Todesurteil!", bemerkte Frey. „So kann man es nennen. Der Anruf von Uhde ging dann rund ums Mittelmeer und sorgte für den Einsatz am Flughafen. Die Ankunft ist bekannt und alles andere war zuvor ausgekundschaftet worden." „Warum aber dieser große Aufwand?" „Sehen Sie, ich bin gläubiger Moslem und scheine auch wie ein möglicher Terrorist auszusehen, was Ihre Kollegen eben bewiesen haben. Trotzdem lese ich sehr gerne Krimis, gute Krimis." „Oh, nein, ich habe hier genug Mord und Totschlag, das brauche ich nicht in der wenigen Freizeit", kommentierte Frey Siads Vorliebe. „Gut, aber ich lese beispielsweise auch diese Kurzgeschichten über Pater Brown. Sie wissen Bescheid?" „Ach, natürlich, ehemals Heinz Rühmann und heute dieser Dicke aus Bayern." „Genau, Herr Kommissar. Ich habe hier eines der Büchlein mitgebracht. Dort ist ein Fall dargestellt, der mit dem Attentat am Flughafen eine Ähnlichkeit hat." „Sie spannen mich aber gewaltig auf die Folter, Herr Sahle." „Es geht um die Kurzgeschichte „Die Legende vom zerbrochenen Schwert". Darin verbirgt ein britischer Militär, ein höherer Offizier, den Mord an einem Kameraden, indem er diesen kurz vor einem Gefecht tötet und dann seine Männer in einen aussichtslosen Kampf führt." „Oh wie zynisch und menschenverachtend, aber nicht dumm, unter vielen Leichen fällt ein Ermordeter nicht auf." „Sie haben es erkannt. Unter den vielen Toten und Verletzten am Flughafen fiel der Tod der Frau Gräfin von Bogen-Rieth nicht mehr auf. Sie war nur eines von vielen Opfern." „Das geht ja noch weiter. Mit dem Attentat können sich jetzt islamische Terroristen feiern lassen. Die Freudendemos in Ramallah, im Gazastreifen und anderen Städten des Nahen Ostens zeigen es schon." „So sehe ich es auch. Es hat allen Seiten geholfen, dieses Attentat am Flughafen. Den Terroristen, weil sie ein neues unislamisches Zeichen gesetzt haben. Uhde weil er seine Widersacherin los geworden ist und bestimmte Staaten, weil ein Geschäft mit Israel verhindert wurde." „Das ist ja pervers. Alle können daraus etwas gewinnen", echte Entrüstung stand Frey ins Gesicht geschrieben. „Werden Sie es denn auch Ihren Vorgesetzen weiter geben?", fragte freundlich und völlig ruhig Siad Sahle. „Ach was, wir haben den Fall doch gar nicht mehr. Den Bericht schreibt jetzt das Innenministerium, wir sind außen vor." „Das kann ich verstehen. Welche Regierung will denn eine solche Geschichte veröffentlichen? Das Attentat islamischer Terroristen passt gut ins Bild und ist leicht für die Politik darzustellen. Alle trauern und gehen in Sack und Asche. Aber damit ist es dann gewesen." „Und die Innenminister können neue Programme gegen Islamisten auflegen." „Das stimmt, aber die wenigsten Deutschen wird das stören. Und die deutschen Muslime sind in ihrer Mehrzahl Türken. Also häufig säkulare Geister und vergleichbar mit den meisten Christen hier im Land", analysierte Siad Sahle. Dem konnte der Hauptkommissar nichts mehr hinzu fügen. Aber er fühlte sich schlecht. Ihm ging es gewaltig gegen den Strich, dass diese Sache unter den Teppich gefegt wurde. Nach diesen hoch brisanten Informationen entspannte sich das Gespräch merklich. Man unterhielt sich über Tarek und seine Arbeit. Siad berichtete über seine Geschäfte in der arabischen Welt und in Deutschland. Auch der Kommissar musste dann etwas aus seinem wenig erfreulichen Arbeitsalltag berichten. Nachdem beiden klar wurde, das es Zeit wäre zum Essen, lud Siad den Hauptkommissar in ein arabisches Restaurant ein.

19

Ein Fluch
(2 Monate später)

„Was ist denn das für ein Tropfen?", fragte Hauptkommissar Frey und hielt dabei das Weinglas in die untergehende Sonne. Durch das dunkle Rot des Weins drangen die Strahlen nur stark abgeschwächt und zeigten die Schwere des Rebensaftes an. „Toscalone heißt er. Wird hier auf einem Landgut östlich angebaut, im Arezzotal", erklärte Professor Ungeheuer seinem Feriengast. „Der schmeckt gut zum Fleisch. Aber für einen gemütlichen Umtrunk ist der weniger geeignet", erhob erneut der Hauptkommissar seine

Stimme. „Ja, Horst, wird sind doch noch beim Essen, zumindest ich. Danach hole ich einen leichten süffigen Roten für dich aus dem Keller", versprach der Gerichtsmediziner. Wie schon seit vielen Jahren war es auch in diesem Jahr, Prof. Ungeheuer und Hauptkommissar Frey verbrachten einige Tage im renovierten Bauernhof in der Toscana, zwischen San Gimignano, Florenz und der Küste. Nachdem der Professor den Rotwein aus dem Keller auf die Dachterrasse geholt hatte, diesen in die Gläser eingeschenkt und den Inhalt der Gläser einer ersten Verkostung unterzogen hatte, wollte er gerade ein Thema aufgreifen, als er unterbrochen wurde.

„Sind wir zu spät gekommen?", fragte Daniel Klein beim Betreten der Dachterrasse. „Ach je, ihr habt ja schon gegessen", zeigte sich auch Tarek Sahle, der Klein auf den Fuß folgte, enttäuscht. „Wir konnten ja beim besten Willen nicht wissen, wann ihr aus Lucca zurück sein würdet", entschuldigte sich der Professor bei den beiden Ankommenden. „Aber es ist noch genügend für Euch da." „Bestens", freute sich Tarek, nahm sich einen Teller und langte kräftig zu. Nachdem sie einige Zeit gegessen und getrunken hatten, nahm der Professor das Gespräch wieder auf. „Ich habe eben einen elektronischen Brief aus Berlin erhalten, das gesamte Verfahren um das Attentat am Flughafen München ist jetzt still und leise eingestellt worden."

„Na, ja, das war aber schnell, ist doch gerade mal 2 Monate her", kommentierte Tarek die Nachricht. „Damit ist jetzt für die Herren in Berlin, München und Jerusalem die Sache erledigt. Wollten es wohl schnell hinter sich bringen", meinte Klein mit einem zynischen Lächeln. „Können wir nicht ein anderes Thema nehmen?" fragte mit übertriebenen demonstriertem Desinteresse Hauptkommissar Frey. „Tut mir leid, Horst, aber die Nachricht war zu wichtig um sie euch nicht zu sagen, auch wenn ich weiß, dass es dir nicht gefällt", entschuldigte sich Ungeheuer.

„Ich weiß, aber es muss mal Ruhe sein", meinte Frey. „Das es dich gewaltig wurmt, wie es gelaufen ist, kann ich ja gut verstehen, aber mich interessierte es schon wie es weiter ging", erklärte Tarek seinem alten Kollegen. „Es war doch zu schön, wie die offizielle Darstellung allen entgegen kam. Dieser pathetische Abschied von der Ex-Staatssekretärin, der Gräfin von Bogen-Rieth. Das war doch etwas fürs Auge und fürs Herz. Diese schönen Worte und die wichtigen Persönlichkeiten die plötzlich alle gute Worte für sie fanden", führte mit großer Mimik Oberkommissar Klein aus. „Und die Dankesworte des Bundesinnenministers für die Polizei, den BND und all die anderen die sich so wichtig am Flughafen trafen. Kein Satiriker hätte es besser machen können", grummelte Frey über seine höchsten Vorgesetzten. „Nicht zu vergessen der Hohe Adel der anreiste um der Frau Gräfin das letzte Geleit zu geben. Die bunten Bilder Blätter waren ja voll von Prinzessinnen, Gräfinnen und anderem Adel. Einfach peinlich. Zum Glück musste ich nicht hin. Da lobe ich mir den Polizeidienst", ergänzte Klein, der dabei an die Diskussionen mit seiner Frau bezüglich ihrer Teilnahme am Begräbnis dachte. „Nur der wahre Hintergrund, der wurde unter diesem ganzen Getue, Gerede und Wichtigmacherei völlig begraben. Wie mich das ankotzt!", explodierte Frey, als wäre es ein Fluch, den er aussprach. „Horst, lass es gut sein. Alle Seiten können mit dem Terrorattentat gut leben. Es wäre ja auch viel zu banal für diese monströse Tat, wenn für die Öffentlichkeit etwas anderes dahinter stecken würde", versuchte der Professor seinen Freund zu beruhigen.

„Ja, das stimmt schon, nur das mein Bruder und der Hauptkommissar es besser wissen. Ja und ich auch", sagte Tarek. „Ja, ich kenne es auch", informierte ihn Klein. „Aber ich bin auch der Meinung, dass das doch etwas zu abwegig ist, um es als ein offizielles Ergebnis darzustellen." „Zumal die Beweise auch recht schwach sind. Ein paar Telefonate rund um das Mittelmeer. Das ist ein schöner Plott für Verschwörungstheoretiker, aber sonst nichts konkretes", fügte Tarek an. „Nur eins finde ich positiv an diesem Fall, so im Rückblick nach 2 Monaten. Der, der es vermutlich eingefädelt hat, hat nicht davon profitiert. Uhde & Co sind pleite, die Kunden sind geflüchtet und der Chef ist untergetaucht", fand Professor Ungeheuer.

„Nicht pleite ist der Laden, sondern die Araber haben ihn übernommen, ein Geschäftsmann aus Abu Dhabi hat es übernommen, so sagte mir Siad", ergänzte Tarek. Nachdem hierzu alles gesagt war, entwickelte sich das Gespräch in andere Richtungen. Horst Frey, bei dem durch das Gespräch alte Wunden aufgebrochen waren und diese mittels Wein bearbeitet hatte, schlief später am Tisch ein und wurde von den Freunden in sein Bett getragen. Bevor er richtig einschlief brabbelte er noch „Verfluchte, feige ..

20

Epilog

Vorn in der Sendlinger Straße, gleich nach dem Ende der viel zu kleinen Fußgängerzone, dort, gleich nach dem Sportgeschäft und dem Buchladen und gegenüber einem großen Bekleidungsgeschäft, befindet sich auf der rechten Straßenseite eine Glastür dessen Rahmen aus früherer Zeit stammt. Es war mehr als schaurig an diesem Abend. Ein Tief mit einem freundlichen Namen ließ kälteste Polarluft durch die Straße von Norden nach Süden wehen. Jeder der konnte blieb lieber in seiner Wohnung, in Gaststätte, im Wagen oder an einer anderen warmen Örtlichkeit. So fiel der Fußgänger, der dicht eingemummelt die Straße entlang ging, zwar auf, denn er war einer von ganz wenigen, niemand kümmerte sich jedoch um ihn. Einzelne Überlebenskünstler, die ihn sahen, bedauerten ihn für seinen Weg durch dieses arktische Wetter. Der Eingemummelte ging zügig den Fußweg entlang und hielt dabei seinen Kopf gesenkt, um dem Wind wenig Angriffsfläche zu bieten. Nur in Höhe der besagten Tür mit dem Eisengitter hielt er kurz inne, er schien etwas ausgerutscht zu sein und hielt sich mit einer Hand am Gitter neben der Tür fest. Wegen dieses Ausrutschers bemerkte niemand, dass der Fußgänger etwas in den Briefschlitz neben der Tür fallen ließ, bevor es aber aufgefallen wäre nahm der Fußgänger seinen Weg durch das unfreundliche Wetter wieder auf. Am andern Morgen nahm eine Mitarbeiterin einen Umschlag aus diesem Briefkasten heraus, der an einen Redakteur in dem großen Haus adressiert war, dessen Namen in der Vergangenheit für so manchen aufgedeckten Skandal in Politik und Wirtschaft stand.